Tucholsky Wagner Zola Scott Sydow Freud Schlegel
Turgenev Wallace Fonatne
Twain Walther von der Vogelweide Fouqué Friedrich II. von Preußen
Weber Freiligrath Frey
Fechner Fichte Weiße Rose von Fallersleben Kant Ernst Frommel
Richthofen
Engels Fielding Hölderlin Dumas
Fehrs Faber Flaubert Eichendorff Tacitus Ebner Eschenbach
Eliasberg
Feuerbach Maximilian I. von Habsburg Fock Eliot Zweig Vergil
Ewald
Goethe Elisabeth von Österreich London
Mendelssohn Balzac Shakespeare Dostojewski Ganghofer
Trackl Lichtenberg Rathenau Doyle Gjellerup
Mommsen Stevenson Tolstoi Hambruch Droste-Hülshoff
Thoma Lenz Hanrieder
Dach Verne von Arnim Hägele Hauff Humboldt
Reuter Rousseau Hagen Hauptmann Gautier
Karrillon Garschin Defoe Hebbel Baudelaire
Damaschke Descartes Hegel Kussmaul Herder
Wolfram von Eschenbach Dickens Schopenhauer Rilke George
Darwin Grimm Jerome
Bronner Melville Bebel Proust
Campe Horváth Aristoteles
Bismarck Vigny Voltaire Federer Herodot
Gengenbach Barlach Heine
Storm Casanova Tersteegen Grillparzer Georgy
Chamberlain Lessing Langbein Gilm Gryphius
Brentano Lafontaine
Strachwitz Claudius Schiller Kralik Iffland Sokrates
Katharina II. von Rußland Bellamy Schilling
Gerstäcker Raabe Gibbon Tschechow
Löns Hesse Hoffmann Gogol Wilde Vulpius
Luther Heym Hofmannsthal Klee Hölty Morgenstern Gleim
Roth Heyse Klopstock Kleist Goedicke
Luxemburg Puschkin Homer Mörike
Machiavelli La Roche Horaz Musil
Kierkegaard Kraft Kraus
Navarra Aurel Musset Lamprecht Kind Kirchhoff Hugo Moltke
Nestroy Marie de France
Nietzsche Nansen Laotse Ipsen Liebknecht
Marx Ringelnatz
von Ossietzky Lassalle Gorki Klett Leibniz
May vom Stein Lawrence Irving
Petalozzi Platon Knigge
Sachs Pückler Michelangelo Kafka
Poe Liebermann Kock
de Sade Praetorius Mistral Zetkin Korolenko

Der Verlag tredition aus Hamburg veröffentlicht in der Reihe **TREDITION CLASSICS**
Werke aus mehr als zwei Jahrtausenden. Diese waren zu einem Großteil vergriffen
oder nur noch antiquarisch erhältlich.

Symbolfigur für **TREDITION CLASSICS** ist Johannes Gutenberg (1400 — 1468),
der Erfinder des Buchdrucks mit Metalllettern und der Druckerpresse.

Mit der Buchreihe **TREDITION CLASSICS** verfolgt tredition das Ziel, tausende
Klassiker der Weltliteratur verschiedener Sprachen wieder als gedruckte Bücher
aufzulegen – und das weltweit!

Die Buchreihe dient zur Bewahrung der Literatur und Förderung der Kultur.
Sie trägt so dazu bei, dass viele tausend Werke nicht in Vergessenheit geraten.

Das Freudengärtlein. Kindergeschichten

Johanna Zürcher-Siebel

Impressum

Autor: Johanna Zürcher-Siebel
Umschlagkonzept: toepferschumann, Berlin

Verlag: tradition GmbH, Hamburg
ISBN: 978-3-8424-9466-4
Printed in Germany

Text der Originalausgabe

Das Freudengärtlein

Kindergeschichten
von

Johanna Zürcher-Siebel

Erstausgabe 1925

Original erschienen bei
«Art. Institut Orell Füssli, Zürich, Verlag»

Meinen lieben Söhnen Richard und Peter

1. Der Herr Gehorsam

Es war vor Weihnachten; aber deshalb blieb der kleine Bubi Emil doch unartig. Er wollte einfach nicht folgen. Er war nun schon über drei Jahre und hätte wirklich ein bisschen besser wissen können, dass man nicht so böse sein darf. Manchmal legte er sich auf den Boden, stampfte und strampelte und schrie aus Leibeskräften, kein Mensch wusste eigentlich warum, und er selber wusste es auch nicht.

Meistens wollte er sich nicht an- und ausziehen lassen, und wenn man mit dem Schwamme kam, so schrie er am allerärgsten: «Es ist so nass, das Wasser muss nicht so nass sein!» Man konnte ihm lange sagen, dass es kein trockenes Wasser gäbe auf der Welt, er wollte es einfach nicht glauben und wehrte sich gegen das Waschen mit Armen und Beinen. Auf der Strasse wollte er auch nicht folgen, und wenn ein Tram kam, so war seine Mutter immer in Todesängsten. Einmal musste sogar ein Tram halten, weil der Bubi Emil über den Randstein gesprungen, und der Tramwagenführer läutete und schimpfte schrecklich, und ein vorübergehender Mann sagte: «Wenn du mir gehörtest, Junge, so bekämst du jetzt eine gehörige Tracht Prügel. Weisst du, so eine, die du nicht so leicht wieder vergessen würdest. Was ist das für ein Betragen für ein so kleines Bürschchen! Schäme dich auch, so zu tuen!» Der kleine Bubi Emil brüllte nämlich, dass die Leute stehen blieben, und seine gute Mutter sah ganz verzweifelt aus. Ja, die Mutter von Bubi Emil war oft sehr traurig und hatte wirklich allen Grund dazu. Sie hatte doch ihren Bubi so lieb und tat alles, um ihn bräver zu machen; sie hatte eine Engelsgeduld, aber es wollte dennoch nicht recht gelingen damit. So sass sie

auch einmal vor Weihnachten bekümmert am Wiegenbettchen von Bubis Brüderchen. Bubi Emil hatte alle Stühle und Tische im Kinderzimmer umgeworfen, und alle Spielsachen lagen zerstreut auf dem Boden. «Ich kann nicht aufräumen», sagte Bubi Emil, «es ist gar nicht schön und viel zu schwierig». Als seine Mutter ihm helfen wollte, legte er sich auf den Boden und schrie, und seine Mutter sagte leise und bedrückt: «Ich hätte doch nie gedacht, dass ich ein so unartiges Kind haben würde! Ach! wenn mir doch wer helfen möchte, dieses Kind lieb und gut zu machen!»

Wie der Bubi Emil noch so schrie, kam ein schwerer Schritt die Treppe herauf, und durch die Türe des Kinderzimmers trat ein Mann. Er hatte einen grauen Bart und sah recht gut und freundlich aus, freilich war in seinem Gesicht ein ganz besonderer Ausdruck. «Ist das der Bubi Emil, den man so viel und so bös schreien hört?», fragte der Mann. «Ja», nickte die Mutter; sie wagte gar nicht, den Mann anzuschauen, so schämte sie sich für ihren Jungen, und ihre Brust zitterte von einem Seufzer. Bubi Emil aber blickte aus seinen grossen Augen ein wenig ungehalten auf den Eingetretenen. «Ich bin der Herr Gehorsam», sagte dieser, und dann fragte er die Mutter: «Wollen Sie, dass ich Ihnen helfe, den kleinen Bubi Emil brav und folgsam zu machen?» «Ach ja, sehr», nickte die Mutter, und sie schämte sich wieder, dass ihr dies trotz aller grossen Liebe selber nicht gelungen sei.

Da nahm der Herr Gehorsam aus seiner Manteltasche ein grobes graues Mäntelchen und Mützchen hervor und zog die Sachen dem kleinen Emil an. «Ich will mein Mäntelchen mit dem Matrosenkragen und mein Matrosenmützchen», sagte der Bubi Emil, «der Mantel ist ganz hässlich, darin sehe ich aus wie ein Mädchen».

«Wer so unartig ist wie du, muss diese grauen Sachen anziehen», sagte der Herr Gehorsam, «dann sehen es alle die andern Kinder», und er nahm den Bubi Emil bei der Hand. Er umschloss die Hand so fest, dass der Bubi Emil nicht fortschlüpfen konnte, obgleich er grosse Lust dazu hatte.

Sie verliessen das Haus. «Gehst du jetzt mit mir durch die dunkeln Gassen von Amerika?», fragte der Bubi Emil und schaute erwartungsvoll den Herrn Gehorsam an, «meine Maria hat mir davon erzählt. Meine Marie ist mein Kindermädchen; ich habe sie gern, sie macht mir Kränze aus bunten Blumen; im Winter nimmt sie Papier dazu. Sie will ganz bestimmt mit mir durch die dunklen Gassen von Amerika gehen. Oder willst du das jetzt tun?»

«Nein», sagte der Herr Gehorsam, «wir bleiben hier in der Stadt, wir gehen in das Haus vom Herrn Gehorsam».

«Ist auch ein Badezimmer dort?», fragte der Bubi Emil, «Badezimmer habe ich nicht gerne, man muss sie alle zerstören, dann kann man nicht darin eingesperrt werden.» Es zuckte ein wenig um die Mundwinkel vom Herrn Gehorsam: «Du wirst es bald sehen, wie es bei mir ist», sagte er.

Nachdem sie ein wenig gegangen waren, kamen sie an einem Bahnhofe vorbei, es hielt gerade ein grosser Zug mit Küche und Speisewagen vor dem Gebäude. Man konnte die gedeckten Tische sehen, und Bubi Emil wäre gerne still gestanden und hätte sich alles angeschaut. «Das darf ich immer, wenn ich mit Mutter und Vater gehe, und Vater zeigt und erklärt mir auch die Lokomotive, das interessiert mich sehr», sagte er zum Herrn Gehorsam und wollte sich losmachen von seiner Hand. Aber der Herr Gehorsam sagte: «Wer so unfolgsam ist wie du, darf das nicht», und Bubi Emil musste mit ihm weitergehen; ganz verdutzt sah er aus. Das war ihm nämlich etwas ganz neues, auf's Wort zu folgen; er wusste wirklich gar nicht mehr recht, wie ihm geschah.

So gelangten sie an das Vogelhaus in den Anlagen am See. Weil es ein schöner klarer Wintertag war, zwitscherten und flatterten die vielen bunten glänzenden Vögel hinter dem Drahtgeflecht heiter auf und nieder. «Ich will die Vögel anschauen», sagte Bubi Emil, «meine Mutter bleibt immer mit mir bei diesen Vögeln stehen und erzählt mir von ihnen». Doch der Herr Gehorsam sagte: «Wer so unfolgsam ist wie du, darf die Vögel nicht anschauen». Da seufzte der Bubi Emil; aber er hatte es mittlerweile gemerkt, dass da nichts zu machen war.

Sie schritten weiter zum See. Die kleinen Wellen tanzten und flirrten in der goldenen Wintersonne. «Ich will sehen, wie die kleinen Wellen über die Ufersteinchen streicheln», sagte der kleine Bubi Emil bittend nach einiger Zeit, und er sah den Herrn Gehorsam recht freundlich an, «was die Wellen erzählen, das ist immer so lustig, und die Möven auf der langen Stange, die möchte ich auch gerne anschauen». Aber der Herr Gehorsam liess ihn kein Augenblickchen stehen, er zog ihn immer vorwärts und bei allem, was der Bubi Emil sehen wollte, erhielt er stets die gleiche Antwort. In den grossen Spielwarenläden in der Stadt waren die verlockendsten Sachen ausgestellt; in einem Schaufenster hatte man eine ganze

Schlacht aufgebaut mit feldgrauen und blauen Soldaten, Kanonen, Schützengräben, zerschossenen Häusern und Verbandplätzen, und die kleinen und grossen Mädchen und Buben drängten sich förmlich, um alles genau zu betrachten. Aber der Bubi Emil durfte überhaupt nicht stehen bleiben. Nicht eine Minute! Auch nicht vor dem andern Spielwarenfenster, wo ein ganzer, grossmächtiger Zirkus mit Affen und Kamelen, Elefanten und Akrobaten, Negern und Indianern ausgestellt war. Immer, wenn der Bubi Emil mit einem heftigen Ruck sein Händchen loszerren wollte und zornig und weinerlich zugleich sagte: «Lass mich los, lass mich doch endlich einmal los, ich habe es nicht gern, so fest gehalten zu werden!», so bekümmerte das den Herrn Gehorsam gar nicht, er hielt das Händchen nur umso fester und sagte immer in demselben gleichmütig bestimmten Tone: «Wer so unfolgsam ist wie du, darf das nicht».

Sie kamen aus den grossen belebten Strassen in enge winkelige hinein. «Da bin ich noch gar nicht gewesen», sagte Bubi Emil ein wenig beklommen, «in dieser Gasse hat meine Mutter noch nie Besorgungen gemacht!» Der Herr Gehorsam lächelte ein wenig, und dann stand er still vor einem hohen dunklen Hause, schloss die Haustüre auf und ging mit Emil hinein.

Bubi Emil fing furchtbar an zu schreien: «Ich will nicht, ich will nicht, da ist es sehr hässlich», und dann stampfte er und sagte zum Herrn Gehorsam: «Man muss dich ins Badezimmer sperren oder in den Kohlenkeller». Der Herr Gehorsam führte ihn statt aller Antwort gleichmütig in ein Zimmer und zog ihm den grauen Mantel und die graue Mütze aus.

«Hier wirst du bleiben, bis du gelernt hast zu folgen; nur Kinder, die folgen können, sind in Wahrheit ganz froh und werden, wenn sie gross sind, glückliche Menschen».

Bubi Emil hörte kaum, was der Herr Gehorsam sagte; er war schrecklich zornig; er wollte den Tisch umwerfen, aber es war kein Tisch da; er wollte mit dem Stuhl an die Türe ballern, aber es war kein Stuhl da; er wollte auf den Spielsachen herumtrampeln, aber es war keine Spur von Spielsachen zu sehen. Nichts, als ein kleines Bettchen stand in dem Raum. «Wenn du brav bist, bekommst du morgen ein paar Bausteine», sagte der Herr Gehorsam, «immer nur soviel, wie du selber gut aufräumen kannst». Dann brachte er ein

Krüglein mit warmer Milch und ein Stück Brot und setzte es auf den Boden, und dann kam die Frau Gehorsam und zog den kleinen Bubi Emil aus. «Wer sich nicht waschen lassen will und stampft und schlägt, bekommt kein Nachtessen», sagte sie. Sie war ebenso bestimmt und streng und freundlich wie der Herr Gehorsam und tat immer durchaus das, was sie einmal gesagt hatte, da gab es nicht das allerkleinste Nachgeben. So kam es denn, dass der Bubi Emil an diesem Tage kein Nachtessen erhielt. Auch am andern Tage schrie und stampfte er, und als der Herr Gehorsam erschien, streckte er sich ganz hoch, hob sein Fingerchen und sagte zornig: «Pst, pst, du bist sehr bös, pfui, pfui!» Der Herr Gehorsam tat, als höre er nicht die unartigen Worte des kleinen Jungen, setzte ihm sein Krüglein mit Milch hin, legte das Stück Brot dazu und sagte im Hinausgehen: «Ich hätte dir gerne die Bausteine da gelassen, aber wenn du so unartig bist, kann ich es natürlich nicht!» Ruhig schloss er die Türe hinter sich, und der Bubi Emil konnte für sich allein weiter stampfen und schreien, es hörte ihn niemand, und er störte niemand. Als am andern Tage der Herr Gehorsam wieder kam, war er noch immer nicht bräver geworden, und auch am dritten Tage schrie und stampfte er. Aber als am vierten Tage der Herr Gehorsam die Türe aufschloss, schaute Bubi Emil ihn aus klaren Augen an und sagte: «Ich will brav sein, bitte, ich möchte zu meiner Mutter, ich warte so auf sie; jetzt ist mein Böse fortgegangen.» Er sah dabei so lieb und freundlich aus, dass der Herr Gehorsam ganz glücklich wurde und ihm die blonden Haare streichelte.

Rasch nahm er alsdann aus seiner grossen Tasche das Mäntelchen mit dem Matrosenkragen und auch das Matrosenmützchen von Bubi Emil und zog ihm die Sachen an. «Gehen wir nun zu meiner Mutter?», fragte der kleine Emil, «und ist sie dann nie, nie mehr traurig, und sind wir dann immer ganz froh?» Der Herr Gehorsam nickte. Darauf sagten sie noch schnell der guten Frau Gehorsam Ade, die dem kleinen Jungen liebevoll die Wange tätschelte und gutmütig sagte: «Manche müssen wir noch viel länger da behalten, ich lasse deine Mutter grüssen.» Und dann schritten sie durch die klare Winterluft nach Hause. Der kleine Emil hatte es so eilig, zu seiner lieben Mutter zu kommen, dass er kaum vor den Spielwarenläden stehen blieb, obgleich er es jetzt gedurft hätte. Er hatte es vorher gar nicht gewusst, dass man soviel Sehnsucht nach der Mutter und nach Hause haben könnte. Auch die lärmenden Möven am See und die goldenen, flirrenden Wellen besah er nur flüchtig. Ganz schnell und ernsthaft schritt er weiter an der Hand des Herrn Gehorsam. Er zerrte sich nicht los und sprang nicht davon, und dabei sah er so freudig und doch so ruhig aus, als sei er von etwas Schwerem und Hässlichem befreit worden. Bald kamen sie zu dem Hause, wo Bubis Eltern wohnten. Glücklich schritt Bubi durch den Garten, und als er den kleinen Hund bellen und das Brüderchen schon auf der Treppe jauchzen hörte, wurde er ganz rot vor Freude. Leise machte der Herr Gehorsam die Türe auf, und dann stürzte der kleine Bubi Emil auf seine Mutter los und schlang die Ärmchen um ihren Hals. «Nun will ich immer folgen», sagte er, «immer, wenn mein Böse kommt, will ich sagen: ›Ich will brav sein‹, dass ich nie, nie wieder von dir fort muss; es ist gar nicht schön, wenn einer nicht bei seiner Mutter ist. Wir wollen ein grosses Pflaster auf dein Herz legen, dass es dir nicht mehr weh tut».

Die Mutter schloss ihren kleinen Jungen in die Arme: «Mein Herzensjunge!», sagte sie, und ihre Augen schimmerten. Am Abend war Weihnachten, und es war wirklich wunderschön, und alle waren über die Massen glücklich, dass nun der kleine Bubi Emil wieder bei ihnen war und so gut folgen konnte.

Auch später, als Weihnachten schon lange vorbei war, blieben sie so glücklich. Immer, wenn der Bubi Emil böse werden wollte, dachte er an den Herrn Gehorsam und an das, was er seiner Mutter bei der Rückkehr versprochen. Immer sagte er: «Ich will brav sein, ich will!» Er erzählte auch den andern Kindern, die er kannte, von seinem Erlebnis. Und als er einmal auf der Strasse einen ganz fremden kleinen Jungen sah, der sich von der Hand seiner Mutter losriss, als ein Tram kam, und der dadurch fast auf die Tramschienen gefallen wäre, da lief der Bubi Emil rasch zu dem fremden kleinen Jungen hin und erzählte auch ihm von dem Herrn Gehorsam und wie es ihm dort ergangen sei. Ja, wirklich, das tat er; und am Schlusse fügte er hinzu, es könne sich jedes Kind sicher und bestimmt darauf verlassen, dass es viel, ach unausdenkbar viel schöner und herrlicher auf der Welt sei, wenn man seiner Mutter folge.

2. Hansli

An einem Vormittag im Frühling spielte der fünfjährige Hansli mit seiner gleichaltrigen Freundin Vreneli in Vrenelis blühendem Garten. Sie spielten Vater und Mutter. Das Vreneli schüttelte gerade die Decken und Betten im Puppenwagen und sagte geschäftig: «So, Hansli, es ist dann Zeit, dass du aufs Büro gehst, Geld verdienen; ich muss die Kinder ausfahren!» Der Hansli zog ein Gesicht und warf ungehalten die blonden Locken zurück: «Das ist dann bestimmt garnicht lustig für mich, Vreneli, immer da hinten in der Gartenecke stehen, wo du sagst, dass das Büro ist – und nie bei dir und den Kindern sein.» «Aber richtige Väter machen das so», beharrte das Vreneli, «woher sollte ich auch das Geld nehmen, um in den Konsum zu gehen und Essen zu kaufen?» Das Vreneli bekam einen ganz sorgenvollen Ausdruck in seine Blau-Augen und fingerte an seinen roten Zopfbändern. Hansli schaute sehnsüchtig auf den Puppenwagen und plötzlich überblitzte die Freude sein Gesichtchen: «Mir fällt etwas ein, Vreneli», sagte er eifrig: «Wir spielen heute Mutter und Dienstmädchen; wenn du Besorgungen machst im Konsum, könnte ich die Kinder spazieren fahren und auf den Arm nehmen; ich möchte auch so gerne einmal die Betten machen!» – «Nein», entschied das Vreneli, «du bist der Vater und musst aufs Büro gehen; ein Bub kann kein Dienstmädchen sein!» Da stand nun der kleine Hansli in der Gartenecke und blickte enttäuscht auf die Herrlichkeit, die das Vreneli mit seinen Puppenkindern entfaltete. Wie er gerade tief und ein wenig gekränkt aufseufzte, pfiff ein fremder Bub auf der Strasse. Er hatte schon ein Weilchen am Gartenzaun die Kinder im Garten beobachtet und rief: «Komm, Hansli, ich weiss dir was; ich habe einen Plan.

«Mit einem Meiteli spielen ist blöd!» Hansli, der sonst durchaus anderer Ansicht war, liess sich heute leicht beeinflussen. Wie ein Kätzlein kletterte er über den Hag; keinen Blick warf er zurück zum Vreneli und dem Puppenwagen. Nun stand er neben dem fremden Buben, der Fritzli hiess: «Wir wollen zum Hauptbahnhof gehen, Hansli», schlug Fritzli vor; «ich kenne den Weg, ich bin schon oft da gewesen; da sehen wir, wie die Züge abfahren und einfahren. Es ist sehr lustig! So einen Betrieb hast du noch nie in deinem Leben gesehen! Wir stellen uns auf die Brücken!»

Hansli machte ein unsicheres Gesicht und sandte einen Blick auf sein nahes Elternhaus: «Ich möchte schon schrecklich gern mit dir auf den Hauptbahnhof. Aber die Mutter hat gesagt, ich dürfe nie so weit fort, dass sie mich nicht mehr sehen und rufen kann!»

«Ach», sagte Fritzli leichthin, «wenn sie dich ruft, sind wir schon lange zurück, ich weiss, wann es zwölf Uhr ist; ich bin letzte Woche sechs Jahre geworden; komm nur!»

So schnell sie konnten, tappelten die kleinen Buben auf ihren blossen Füsschen davon. Sie liefen an Wiesen und Gärten vorbei, und dann kamen sie in die Strassen, wo viele Trams und Autos fuhren, und ein ohrenbetäubendes Tuten und Schreien und Rasseln war. Auf dem Bahnhofplatz steigerte sich der Lärm, und der Verkehr war lebensgefährlich. Aber Fritzli hielt Hansli immer bei der Hand, und wie durch ein Wunder gelangten die Kinder durch das Gewimmel auf die Bahnhofbrücke, die sich ausserhalb der mächtigen Bahnhofhalle über die vielen Geleise spannte. Da standen sie nun über das Geländer gebeugt und schauten gespannt und beglückt auf die riesigen Reihen von Zügen, die fauchend und stampfend, paffend und rauchend kamen und gingen, und die mit ihren Fahnen von Rauch zuweilen die kleinen Gaffer auf der Brücke ganz umhüllten. Sie versuchten auf die Wagendächer zu spucken; sie fanden das äusserst unterhaltend und waren ganz verdutzt, als ein alter Herr ihnen dies als unanständig verwies. Aber Fritzli wusste immer wieder etwas neues zu sagen und auszuführen. «Du, Hansli, wenn man auf den Geleisen immer weiter und weiter wandert, kommt man nach Deutschland; wir wollen einmal auf die andere Brücke gehen, da sieht man schon ganz weit; Hansli, wir brauchten nur ein grosses Stück Brot, dann könnten wir gehen! Gell, das wäre fein?» Hansli nickte, ganz benommen von dieser Aussicht.

Sie standen jetzt auf der zweiten Brücke, und Hansli war wie bezaubert von allem, was er sah und hörte. Bald trillerte er wie eine Dampfpfeife, bald stiess er Rauch aus wie eine Lokomotive. Er merkte es garnicht, dass Fritzli nach einer Weile nicht mehr bei ihm war. Er sah auch nicht, dass es später und später wurde; er sprang nur immer zwischen den beiden Brücken hin und her und staunte und schaute. – Der Himmel färbte sich abendrot, als Hansli endlich daran dachte, heim zu gehen. Er hatte seinen Vater und seine Mutter einfach vergessen. Nun fühlte er, dass er Hunger hatte, und da wollte er natürlich zur Mutter. Aber er wusste den Weg nicht mehr heim, soviel er auch suchte und durch die Strassen rannte. Er fing an zu weinen, und durch die strömenden Tränen wurde sein schmutziges Gesichtchen noch schmutziger.

Wie er so ratlos hin und her lief und sich die Augen rieb und immer verzweifelter wurde, legte sich ihm plötzlich eine schwere Hand auf die Schulter: «So, Bürschchen, da hätten wir dich ja endlich», sagte ein Mann in Polizisten-Uniform. «Die Beschreibung stimmt: blond, braunäugig, barfuss und blauer gestickter Kittel. Nun heule nur nicht so schrecklich! Ich tue dir nichts! Ich will dich nach Hause bringen. Deine Eltern haben auf die Polizei telephoniert … Die ganze Stadt haben wir abgesucht nach dir. Auf diese Art versetzt man seinen Vater und seine Mutter denn doch nicht stundenlang in Angst und Schrecken. So ein kleiner Bub wie du bist, der noch nie alleine in der Stadt war! Ein anderes Mal könnte dir das Davonlaufen bedeutend schlechter bekommen. Denke, wenn du in der finsteren Nacht ganz allein hättest draussen sein müssen!»

Hansli war ganz elend vor Kummer. Er konnte es auf einmal kaum abwarten, bis er bei seiner Mutter war, und die Verzweiflung der letzten Viertelstunde machte sich in wildem Schluchzen Luft. Er war auch plötzlich so müde, dass seine Füsschen ihn kaum noch trugen. Gutmütig nahm der Polizist den kleinen Jungen auf den Arm und setzte sich mit ihm in einen Tram. Endlich kamen sie heim. –

«Da haben Sie ihn!», sagte der Polizist und legte der Mutter den Buben in die weit ausgestreckten Arme. Die Mutter hatte ein verweintes Gesicht; und der Vater war ganz blass vor Sorge. «Gott sei Dank!», sagten beide wie erlöst. «Aber nun musst du nie, nie mehr alleine fortspringen», sagte die Mutter. «Seit Mittag haben wir dich überall gesucht und gerufen. Wenn du vor Nacht nicht heimgekommen wärest! Ach, Hansli, die Angst und Qual ist ja garnicht auszudenken!» Ein Zittern durchbebte die Mutter. Dann nahm sie den Hansli und wusch ihn und erfrischte ihn und legte ihn in sein schönes weisses Bett, und Hansli schlang seine Ärmchen um Vater und Mutter und sagte: «Zuerst war es schön, aber zuletzt war es

schrecklich, einfach schrecklich. Nie nie wieder will ich davonlaufen!»

3. Wie der Hansli das Christkind sieht

«Mutter, wie sieht auch das Christkind aus?», fragte der kleine Hansli, «du musst es doch wissen, du bist ja schon oft mit ihm zusammen gewesen; sage, hat es goldene Flügel und ein Krönlein aus Sternen?»

Die Mutter machte ein liebes, geheimnisvolles Gesicht. «Nein, Hansli», sagte sie, «es hat nicht immer sein Himmelskleid an, manchmal ist es auch in einem dunkeln Röckchen, verbirgt die Flügel unter einem Tuch oder einem Jäcklein und das goldene Krönlein unter einem Mützchen. So kann es dann ganz still und unerkannt durch die Strassen eilen und nachschauen, ob die Kinder brav und folgsam sind, ohne gleich von ihnen angestaunt zu werden.»

«Hat es denn nie goldene Flügel?», fragte Hansli.

«Doch ja, hin und wieder doch?», entgegnete die Mutter.

«Ich möchte es so schrecklich gerne einmal sehen!», sagte Hansli sehnsüchtig, «gell Mutter, vielleicht kommt es morgen; morgen ist ja Weihnachten. Ach, Mutter, wie ist doch der letzte Tag vor Weihnachten so lang! Er will überhaupt nicht vorbeigehen! Darf ich noch ein Weilchen draussen herumspringen mit dem Fritzli, dass die Zeit ein klein wenig schneller vergeht?»

Die Mutter nickte; sie zog Hansli sein Mäntelchen an und setzte ihm das Mützchen auf: «Wenn es vier Uhr schlägt, musst du aber wieder heimkommen.»

Vergnügt sprang Hansli davon. Aber sein Freund Fritzli war nicht draussen, und obgleich Hansli gewohntermassen schrillend pfiff wie ein Zugführer, und auch laut und dröhnend hustete wie eine Dampflokomotive und alle Autohupen nachmachte, so kam der Fritzli nicht.

Einen Augenblick stand der kleine Hansli ratlos. Dann dachte er wieder an Weihnachten und das Christkindchen, und er überlegte, ob er in dem Tannenwald oben am Berge nachschauen solle; vielleicht war das Christkind heute dort, um sich Tannenbäumchen zu holen. Vielleicht auch hatte es den Nikolaus und eine ganze Schar Englein mitgebracht!

Nachdem Hansli diesen Gedanken in allen seinen wunderbaren Möglichkeiten recht durchgedacht hatte, wurde das Verlangen nach dem Tannenwald so übermächtig in ihm, dass er nicht mehr widerstehen konnte. Tapfer machte er sich auf den Weg. Er war noch nie allein im Walde gewesen; und ohne die Mutter war es immerhin ein Wagnis für einen kleinen Buben von fünf Jahren. Aber Hansli getraute sich schon, den Weg allein zu finden. – Nun hatte er die letzten Häuser der Stadt hinter sich und oben am Berge grüsste der Tannenwald. Ein leichter Schnee lag auf dem Boden, und Hansli machte ganz schnell am Wegesabhang den Versuch, ob man schon die «Photographie» in den Schnee drucken könnte. Doch der Schnee war noch zu dünn und locker dazu. So sprang er denn leichtfüssig weiter, und es dauerte nicht lange, so befand er sich oben am Waldrand.

Wie schön war es da! Mächtige Tannen strebten mit ihren Zweigen in die Breite und in die Höhe. Und neben dem dunklen Walde der grossen Tannen waren eine ganze Menge kleiner; eine weite Fläche voll. Die sahen aus wie eine Schar herziger Kinder, hold und zart mit Schnee geschmückt, als warteten sie auf etwas Wunderschönes und seien bereit, ein Fest zu begehen. Hansli sperrte die braunen, jubelnden Augen weit auf. Jetzt musste doch das Christkind kommen, und dann wollte er ihm unerschrocken vor all den kleinen, festlichen Tannen das Weihnachtssprüchlein sagen, das ihn die Mutter gelehrt; er konnte es so gut; er getraute sich schon. Wenn das Christkind doch käme! Hansli schaute und spähte ganz angestrengt. Aber er sah nichts. Der Himmel färbte sich abendrot. Purpurfarben durchglühte die Sonne die Wolken, und tausend rosige Wölkchen segelten durch die Luft. Hansli nickte glückselig und meinte, die Englein durch die himmlische Klarheit auf die Erde niederlächeln zu sehen. Morgen war ja Weihnachten! Gewiss mussten sich jetzt die Englein unendlich sputen, um noch alle die guten, süssen Gutzeli fertig zu backen. Vielleicht auch musste das Christkind selber die Oberaufsicht führen bei dieser grossen und wichtigen Arbeit.

Suchend ging Hansli ein wenig tiefer in den Wald; er hoffte zuversichtlich, heute schon etwas von Weihnachten und vom Christkind zu erspähen. Da wanderte nun der kleine Bub zwischen den herzigen Tannenbäumchen und es sah fast so aus, als habe sich eines der Bäumchen in ein kleines, suchendes Menschenkind verwandelt. Zuweilen rührte Hansli mit zagenden Fingerchen an ein Tannenzweiglein; dann stäubte der weisse Schnee silberig hernieder. Einmal sprang ein Häschen unter einem Bäumchen vor. Da schrie Hansli erschrocken und entzückt zugleich auf. Wie seltsam und geheimnisvoll war dies alles. Hansli vermeinte wirklich, im Weihnachtswalde zu sein. Er merkte gar nicht, dass der Himmel sich tiefer und tiefer färbte. Aber wie er dann mit einem Male sah, dass es Abend geworden und durch die hohen, dunkeln Tannenbäume schon die Nacht lauschte, wurde er bange und wollte heim zu seiner Mutter. Er sprang zwischen den kleinen Bäumen hin und her und suchte den Waldrand und – fand ihn nicht. Sein Herzchen fing ängstlich und immer ängstlicher an zu pochen, und auf einmal begann der kleine Hansli ganz jämmerlich zu weinen; laut, langgezogen, und dazwischen rief und schluchzte er: «Mutter! Mutter!»

Horch! Da tönte eine Stimme: «Ja, wo bist du denn, Kind? Was hast du? Sei ruhig, ich komme!» Hansli lauschte empor; er kannte die Stimme nicht; aber während er schon ein wenig leiser weinte, sah er aus dem Walde ein Mädchen auf sich zuschreiten, dem quollen die Locken in goldener Fülle unter dem Mützchen hervor, so dass es aussah wie ein Glorienschein. Hansli, in masslosem Staunen, glaubte nicht anders, als dass dieses Mädchen nun das Christkind sei. Wie das Mädchen näher kam, sah Hansli, dass es eine mächtige Reisigwelle hinter sich herzog, und dass es ein dunkles Röckchen und grosse, viel zu weite Schuhe trug. Indessen war es sicherlich doch das Christkindchen; denn es sah den kleinen Buben so lieblich und mitleidig an, und fragte mit einer warmen, gütigen Stimme: «Hast du dich verirrt? Willst du heim zur Mutter?» Und es nahm den Zipfel von seinem Schürzchen und wischte Hansli die Tränen ab. «Musst nicht mehr schluchzen», sagte es tröstend, «sieh, ich bin ja bei dir. Erzähle mir, wo du wohnst, ich führe dich heim.» Zutraulich, von allem Grauen erlöst, legte Hansli sein Händchen in die Hand des Mädchens und beantwortete seine Fragen. Und nachdem er auch gesagt, warum er gerade heute zum ersten Male allein und ohne Vorwissen der Mutter in den Wald gegangen, fragte er mit selig-beklommenem Aufseufzen: «Bist du das Christkind? Hast du dich vielleicht nur verkleidet und deine goldenen Flügel unter dem Tuche verborgen?» Da lachte das Mädchen ein glockenhelles

Lachen: «Nein, du lieber Bub, ich bin die Lisi Fröhlich; meine Eltern sind arme Leute; aber vielleicht hat mich dein Schutzengel heute in deine Nähe geführt, um dich heim zu deiner Mutter zu bringen; so komm denn, Hansli!» Und während Lisi mit der einen Hand die Reisigwelle am starken Strick nach sich zog, fasste sie mit der andern die kleine Bubenhand. – So gelangten sie an das Waldende. «Jetzt will ich zuerst das Holz nach Hause schaffen!», sagte Lisi; «noch eine Viertelstunde und wir sind bei unserm Häuschen; siehst du dort hinten das einsame Licht? Das ist es. Und bei diesem Licht will ich dir noch rasch etwas Wunderschönes zeigen, Hansli, etwas vom Lieblichsten auf der Welt, und dann bringe ich dich zu deiner Mutter; etwa in einer halben Stunde bist du bei ihr.» Hansli war in einer ganz merkwürdigen Stimmung; er erlebte dieses alles wie in einem Traume; er musste immerzu wieder ein bisschen nach dem Tuche schielen, ob nicht bei Lisi unter den Tuchzipfeln vielleicht doch die goldenen Flügel vorblinkten. Und was mochte es nur sein, was ihm dieses liebe Mädchen bei sich daheim noch zeigen wollte? Vielleicht war sie nur eine Abgesandte vom richtigen Christkind. Und was sie daheim zeigen wollte, war das Christkind selber! Voll Spannung setzte Hansli die Füsschen vorwärts.

So kamen sie an das Häuschen, in welchem Lisi wohnte; traulich leuchtete das Licht aus dem Fenster in die Dunkelheit. Lisi versorgte das Holz schnell in einem kleinen, offenen Anbau, schüttelte ihr Röckchen aus, klopfte die Schuhe ab, nahm Hansli wiederum an der Hand, ging mit leisen, vorsichtigen Schritten durch einen finstern Flur, öffnete mit sicherem Griffe eine Türe, und – da rieselte dem kleinen Hansli ein Schauer des Glückes über das Körperchen. Ja – war er denn im Stalle zu Bethlehem? Sass dort nicht die Gottesmutter Maria mit dem Jesulein auf dem Schosse? Und dort der Mann, war der nicht der heilige Josef?

Dem kleinen Hansli stockte fast der Atem vor Staunen und Freuden. Und auf einmal musste er an das Gedicht denken, das ihn die Mutter auf die Weihnacht gelehrt hatte und das er dem Christkind schon oben im Walde hatte sagen wollen, und er fand, dass er es ihm nun hier sagen müsse, und andächtig, mit süssem Stimmchen begann er:

«Die Weihnacht tut die Wunder auf.
Das Kind im dunklen Stalle
Legt mit den zarten Händelein
Ein Trösten in uns alle.

Die Weihnacht tut die Wunder auf.
Lasst uns die Liebe mehren
Und hilfsbereit im ärmsten Kind,
Das Kind im Stall verehren.»

«Du lieber Bub!», sagte Lisi zärtlich, «das ist aber schön, dass du meinem Brüderchen dein Weihnachtsgedicht sagst.» – «Ist es nicht das Christkind?», fragte Hansli ungläubig. Man merkte Lisi an, dass es ihr fast leid tat, dem kleinen Buben seinen Himmelstraum zu zerstören; aber sie sagte nochmals: «Nein, es ist mein Brüderchen, das unser aller Freude und Glück ist; und die Frau dort ist meine liebe Mutter, und der Mann ist mein Vater. Gib ihnen die Hand, und dann lass uns gehen, damit deine Mutter sich nicht zu lange um dich ängstigt.» Lisi erzählte noch rasch ihren Eltern, wo sie Hansli gefunden und dass er ausgezogen, das Christkind zu suchen. Die Eltern nickten Hansli freundlich zu und das Knäblein auf seiner Mutter Schoss lächelte und streckte die zarten Händlein nach ihm.

Hansi vermeinte im Himmel zu sein und noch nie im Leben so viel Glückseligkeit empfunden zu haben. Als sie wieder vor der Haustüre waren, sagte er mit tiefem Aufatmen: «Ich danke dir auch dafür, Lisi.»

Dann sprang er eilig an des Mädchens Hand den Berg hinunter.

Und Hanslis Mutter! Ach, wie war sie froh, als sie ihren Hansli wieder hatte. Wie hatte sie gesorgt und gebangt, als er nicht heimgekommen und alles Rufen und Suchen erfolglos geblieben.

Aber als sie dann von Hansli hörte, warum er so weit von Hause fortgelaufen und was alles er erlebt, da machte sie ihm keine Vorwürfe.

Der Hansli war eben ein Glückskind, dem alle Wirklichkeiten zu beseligenden Märchen wurden.

Dem guten Mädchen aber, das den Hansli heute in der bangsten Stunde seines Weihnachtserlebnisses aus den Ängsten erlöst hatte, füllte die Mutter mit flinken, liebreichen Händen einen grossen Korb mit guten und nützlichen Gaben, dass es dieselben heimbringe zu seinem lieben Brüderchen, von dem Hansli mit einer süssen Bestimmtheit behauptete, dass er in ihm das Christkind gesehen.

«Die Weihnacht tut die Wunder auf!», sagte die Mutter leise, «bist mein Schatzbub!», und sie schlang ihre Arme um Hansli.

4. Vom goldenen und vom schwarzen Buch

Ein Englein hatte einmal vom lieben Gott einen besonderen und schönen Auftrag erhalten.

Es sollte nämlich jeden Tag in ein goldenes Buch die Namen aller braven Kinder einschreiben, und in ein schwarzes die Namen von allen bösen und unfolgsamen.

Weil es ein so braves, liebes Engelchen war, so meinte es natürlich, die kleinen Kinder auf der Erde müssten auch alle so brav und lieb sein, und als es zum ersten Male aus dem Himmel niederfliegen sollte zur Erde, sagte es zu seinen Engelgeschwisterchen: «Ganz sicher werde ich am Abend mein goldenes Buch voll lieber Kindernamen haben, und mein schwarzes Buch wird ganz leer sein, ihr werdet sehen, dass kein einziger Name darin steht!» Und fröhlich patschte es mit den runden rosigen Engelshändlein auf den goldenen Deckel des schönen Buches und jubelte: «Juhu – ich freue mich!»

Glückselig flog das Englein davon, begleitet von den Abschiedsrufen und Wünschen seiner Engelgeschwisterchen, die sich an das Himmelstor drängten und ihm nachsahen, bis es hinter dem Gewimmel der glitzernden Sterne verschwand.

So nahte sich das Englein der Erde; als am Ende seine zarten Flügel müde wurden von dem weitem Flug, setzte es sich rittlings auf ein rosarotes Morgenwölklein, welches gerade zwischen Himmel und Erde dahinsegelte, und vollendete auf demselben seine Reise.

So kam es an ein Haus, in welchem eben die Kinder wach geworden waren. Das Engelchen blinzelte durch den Spalt der weissen Mullgardinen am Fenster und war gespannt, ob es diese beiden Kinder, ein Brüderchen und ein Schwesterchen, einschreiben könnte in sein goldenes Buch. Es hörte, wie die freundliche Stimme der Mutter zu den Kindern redete, sah, wie sie jedes ans Herz drückte, und die Stube war voller Sonne.

Aber die Kinder waren verdriesslich. Das Englein war recht erstaunt, dass man in einer solch sonnigen Stube, bei einer so lieben guten Mutter so wüst tun konnte. Indessen diese Kinder schienen die Sonne gar nicht zu sehen, obgleich sie ganze Strahlenströme in das Zimmer sandte. Das Mädchen weinte, alles war ihm nicht recht. «Die Strümpfe kratzen und drücken», jammerte es, «solche Strümpfe ziehe ich nicht an. Meinst du, ich wolle mich den ganzen Tag von so groben, dicken Strümpfen picken lassen? Das Wasser ist so nass, ich will nicht gewaschen werden, nein, nein!» Es wehrte und sperrte sich in einem zu, wirklich, die Mutter hatte rechte Mühe mit ihm, und es hörte gar nicht auf ihr liebreiches Zureden. Der Junge machte es nicht viel besser, er wollte sich keinen Knopf allein zumachen, obgleich er schon sechs Jahre alt war, und beim Kaffeetrinken ging der Verdruss erst recht los. Die Kinder mochten trotz allen Mahnens nicht stille sitzen, stupften und neckten einander, verschütteten Milch und verkrümelten ihr Brot. Der Vater hinter seiner Zeitung schien von dem Unwesen nicht viel Notiz zu nehmen, aber die Mutter, die noch zu Anfang so hell und fröhlich drein geschaut, bekam allmählich ein ganz bekümmertes Gesicht. Unmöglich konnte das gute Englein diese Kinder in sein goldenes Buch einschreiben, um sie dem lieben Herrgott für eine besondere Freude zu empfehlen; wenn der Bub und das Mädel nicht hin und wieder ein liebes Gesichtchen gezeigt hätten, wahrhaftig, es wäre versucht gewesen, sie in sein schwarzes Buch einzutragen. Sie taten aber dem Englein ein bisschen zu leid dazu, und darum blieben denn in diesem Hause seine Bücher leer.

Ganz traurig flog das Englein weiter; nun hatte es sich so gefreut auf diese Erdenreise und musste diesen schlechten Anfang machen.

Da kam es in ein Haus, in welchem fünf kleine Mädchen wohnten. Das älteste war sieben Jahre alt, und das kleinste lag noch in der Wiege. Ganz strahlend wurde beim Anblick der Mädchen des Engleins Gesicht. Alle fünf waren brav; keines stritt mit dem anderen, alle taten und wussten etwas Lustiges und folgten der Mutter aufs Wort. Wie waren diese Kinder schnell angezogen! Ihre Kleider lagen hübsch ordentlich gerichtet auf den Stühlen, sie zerrten sie nicht durcheinander und warfen sie nicht umher. Die grösseren zogen sich allein an und halfen den kleinen, alles ging flink und wie von selbst, und es war wirklich eine Freude zuzusehen. Bei Tisch waren diese Kinder auch brav; sie waren nicht ungeduldig, trommelten nicht mit den Füsschen an die Tischplatte, warteten, bis man ihnen gab, verschütteten keine Milch, assen manierlich, und als sie

fertig waren, wischten sie sich die Mündchen, falteten ihre Serviett-
chen, standen auf, reichten Vater und Mutter die Hand und sagten:
«Danke».

Diese Kinder hiessen Hedwig, Emma, Anna, Trudi, und das
kleinste in der Wiege hiess Friedeli, und alle fünf schrieb das Engelchen eifrig und hochbeglückt in sein goldenes Buch, auch das Friedeli, weil es schon so lieb lachen, so nett mit den Händchen spielen
und so herzig «egä, egä» sagen konnte.

Nun hatte das Englein doch einen recht guten Anfang gemacht
mit dem Einschreiben, und seine vorherige Angst war ganz verschwunden. Voller Glückseligkeit flog es weiter und konnte wirklich zu seiner grossen Freude im Laufe des Tages noch die Namen
von vielen Kindern in sein goldenes Buch eintragen.

Und wenn es vorkam, dass es nicht ganz sicher war, ob ein Kind
auch brav genug sei für das goldene Buch, so flog es in seiner Gut-
mütigkeit nach einiger Zeit nochmals zurück zu dem Haus, und
wenn das Kind dann bräver und nett und manierlich war, so
schrieb das Englein flugs seinen Namen, das Dorf oder die Stadt,
darin es wohnte, nebst Strasse und Hausnummer in das schöne
goldene Buch.

Am Abend, als es im Begriff war, in den Himmel zurückzukeh-
ren, hochbefriedigt von seinem Tagewerk, weil sein goldenes Buch
so gut gefüllt und sein schwarzes Buch leer geblieben, hörte es aus
einem Hause ein ganz wüstes, lautes Geschrei. Da sass ein kleiner
Junge auf dem Fussboden und stampfte und lärmte, brüllte nur so
aus vollem Halse heraus und wollte durchaus nicht folgen. Seine
Mutter bat und mahnte mit gütiger und mit strenger Stimme, der
Junge tat einfach, als höre er nichts. Er hielt sich die Ohren zu und
sagte ganz hässliche Worte. Nie hätte das Englein gedacht, dass ein
Kind so reden könnte. Am Ende trat der böse Junge sogar mit den
zornigen Füsschen nach der Mutter, und als sie ihm wehren wollte,
schlug er nach ihr. Da traten der armen Mutter die Tränen in die
Augen, sie presste die Hände vor das Gesicht und ein unsäglich
trauriges Weinen schluchzte durch den Raum.

«Was soll auch werden aus meinem Kinde?», seufzte und klagte
sie.

Da wurden dem Englein die Augen feucht; es musste an seine Erdenzeit und an seine eigene, liebe, sorgende Mutter denken, und welch ein Schmerz es für eine Mutter sein müsste, wenn sie ein so böses ungebärdiges Kind hätte, dem sich die Zukunft gewiss einmal fern der Mutter, recht bang und dunkel gestalten müsste.

Da nahm es sein schwarzes Büchlein und schrieb den Namen des schreienden kleinen Jungen hinein. Er hiess Fritz. – Dann flog das Englein zum Himmel und gab dem lieben Gott seine Bücher.

Und als der liebe Gott die vielen Namen in dem goldenen Buche sah, sagte er: «Diesen Kindern will ich morgen eine grosse Freude schicken; sie sollen es wunderschön haben auf der Welt!»

Als er aber den Namen in dem schwarzen Buche las, wurde auch der liebe Gott traurig und sagte: «Es ist schlimm, wenn Kinder die Mutter plagen, nie sollten sie das tun; sie schaden sich selbst und machen ihre armen Mütter unglücklich dadurch. Diesem Kinde werde ich morgen eine Strafe senden.»

Und so geschah es.

Als der böse kleine Bube auch am andern Morgen in einem fort schrie, schickte er ihm eine Krankheit. Und wie die Mutter den Doktor kommen liess, sagte dieser: Das ist eine Krankheit, die vom Bösesein kommt; ja, die kenne ich. Kinder, die diese Krankheit haben und so schreien und wildern, dürfen natürlich nicht ins Freie. Die hält man im Zimmer, lässt die Rolladen ganz herunter und sperrt die Türe zu. Nein, die lässt man garnicht heraus, die lässt man ganz allein. Man liest ihnen nicht vor und spielt nicht mit ihnen. Sie bekommen Wasser und Brot und ein bisschen Schleimsuppe. Es ist sehr schade, weil jetzt so viele Früchte reifen im Garten und in Wald und Feld, und weil die Sonne so hell und wunderschön scheint. Warum auch sind die Kinder manchmal so böse und machen sich krank dadurch! Wie gesagt, es ist sehr schade. Also bitte, strengster Zimmerarrest! In drei Tagen komme ich wieder.»

So sprach der Doktor, und so durfte Fritz für drei Tage die dunkle Stube nicht verlassen. Da hatte er es nun für sein Bösesein und stand am Fenster hinter den Rolladen und durfte nicht hinaus. Den folgsamen guten Kindern aber sandte der liebe Gott Gesundheit und den blanksten, fröhlichsten Sonnenschein in ihre Häuser und

Gärten, und liebe, lustige Freunde zum Spielen, Umherspringen und Fangismachen.

Und seine fleissigen Englein mussten an die Bäume und Sträucher in Garten, Feld und Wald unzählige saftige Früchte und süsse Beeren hängen, und in der himmlischen Malstube mussten sie die allerschönsten Blumen, Vögel und Schmetterlinge malen; denen hauchte Gott Leben ein, und dann brachten die Himmelsenglein alle die bunten schönen Gaben den Kindern, liessen die Blumen in ihren Gärten blühen und duften, die Schmetterlinge darin schweben und gaukeln, und alle die tausend Vöglein zwitschern und singen und jubilieren.

Ach! Was hatten da die guten Kinder für eine Freude; sie waren glücklich mit jedem neuen, blauen, goldenen Sonnentag, den der liebe Gott ihnen schenkte!

Gelt, wer möchte sich auch in das schwarze Buch einschreiben lassen, wie der böse Fritz!

Nein, so dumm ist doch keiner!

5. Die Tränenweiher

Die Mutter wollte am Bahnhof einer Freundin adieu sagen. Unweit vom Hause sah sie ihren kleinen vierjährigen Hansi am Strassenrande sitzen. Er spielte mit Erde und liess sich Sand durch die Händchen und auf die blonden Locken rieseln. Er war ganz schmutzig und sein Schürzchen war zerrissen. Als Hansi seine Mutter sah, sprang er auf und rief: «Wohin willst du, ich will mit dir gehen!» Die Mutter sagte: «Das ist unmöglich, Hansi, sieh nur, wie du ausschaust; du bist ja ganz voll Erde und Wagenschmiere!» Um Hansis Mündchen fing es an zu zucken. «Aber wenn ich doch so gerne mit dir möchte», sagte er flehentlich und wollte sich an die Mutter klammern. Die Mutter wich zurück; sie hatte ein helles Kleid an, und sagte: «Du darfst mich nicht anfassen, sonst verdirbst du mir den Rock; und nun sei Mutters braver Bubi, geh lieb nach Haus und lass dich sauber machen; es steht auch Milch und Brot und Rhabarbermus für dich bereit; das hast du doch so gerne!» «Ich will aber erst mit dir kommen!», beharrte Hansi. «Ich kann dich unmöglich mit nehmen; ich bin sehr, sehr eilig! Wenn du dich nur nicht so fürchterlich eingeschmiert hättest!» Die Mutter wollte schnell davonspringen; doch da fing Hansi schrecklich an zu weinen und stiess unter Schluchzen hervor: «Und wenn du der Hansi wärst und ich die Mutter, und dann nähme ich dich doch mit, und wenn du auch noch so schmutzig wärst; buhu-bu, buhu-bu!» Hansi weinte so laut, dass die Leute auf der Strasse stehen blieben. «Du bist jetzt ein wüster Grüsel», sagte eine Frau, «weisst, Bürschli, wenn einer seine Mutter so plagt, dann sollte man ihm tüchtig Tätsch geben!» Hansi weinte indessen nur noch lauter. Die Mutter warf einen verzweifelten

Blick auf das schreiende Kind und dann auf die nahe Turmuhr. Sie sah, dass es ausgeschlossen war, zur rechten Zeit zur Bahn zu kommen. So packte sie Hansi am Arm, hielt ihn in vorsichtiger Entfernung von ihrem guten Kleid und ging mit ihm nach Hause. «Du bist doch ein fürchterlicher Heulpeter!», sagte sie, «und ein schrecklicher Zwänger; jetzt wirst du zur Strafe heute nachmittag überhaupt nicht mehr hinaus dürfen und kannst im Zimmer bleiben, während draussen die Sonne scheint.» Hansi weinte nach diesen

Worten in durchdringender Stärke fort und sperrte sich aus Leibeskräften gegen das Heimgehen.

Zu Hause schloss die Mutter Hansi in das Schlafzimmer ein. Zuerst rüttelte Hansi zornig am Riegel und ballerte mit den Fäustchen gegen die Türe und stampfte mit den Füssen. Am Ende wurde er von dem Toben müde und setzte sich auf den Boden, und dann dauerte es nicht lange und Hansi schlief ein. Noch zogen seine Atemzüge, von Schluchzen unterbrochen, durch den Raum, als ein winzig kleines Wesen mit einem Krüglein im Arme sich Hansi nahte, bekümmert sich über ihn neigte und die letzte Träne, die noch an Hansis Wimpern hing, in das Krüglein tropfen liess.

«Jetzt ist dieser Krug auch wieder voll», seufzte der Elf; «es ist wirklich sehr traurig, dass Hansi so ein böser Bub ist und soviel weint; immer seltener ist er froh und lieb. Und wie er wieder ausschaut! Ganz schämen muss man sich für ihn!» Der Elf zupfte Hansi an seinem zerrissenen Kittel. «Komm mit mir, ich will dir etwas zeigen!» Hansi rieb sich verwundert die Augen und fragte verdutzt: «Wer bist du?» «Ich bin der Trauerelf», sagte das kleine Wesen; «jedes Kind hat zwei Elfen, die es umgeben, den Freudenelf und den Trauerelf; du gibst mir wirklich viel zu schaffen, folge mir!» Der Elf fasste das Tränenkrüglein mit der einen Hand und mit der andern umklammerte er Hansis kleinen Finger; und so führte er ihn die Treppe hinunter aus dem Hause und durch die Strassen der Stadt hinaus ins freie Land. Und wie sie so zusammen wanderten, zählte der Elf Hansis Unarten auf: «Bei der geringsten Gelegenheit fängst du an zu heulen; kaum anzutippen braucht man dich und du brüllst los: buhu-u, buhu-u! Wenn man dich wäscht, schreist du, und wenn man dich kämmt, schreist du auch. Wenn dir deine kleine Schwester ein Bauklötzchen umwirft, brüllst du. Wenn man dich bei Tisch ermahnt, still zu sitzen, nicht alles anzufassen, nicht zu schaukeln, brüllst du, wenn man dich vom Spielen heimruft, brüllst du; wenn man dich zu Bett bringen will, brüllst du; wenn du aufwachst, und es ist gerade nicht alles so, wie es dir passt und genehm ist, brüllst du, und so plagst du deine gute Mutter vom Morgen bis zum Abend. Seit einiger Zeit muss ich jeden Tag ein Krüglein füllen mit deinen Tränen! Aber nun will ich dir einmal zeigen, wohin das führt, wenn du dich nicht besserst!»

Wie das Elflein so redete, hätte Hansi am liebsten von neuem geweint; aber irgendwie getraute er sich nicht, und seufzte nur schwer beklommen auf. – So kamen sie an eine lange Mauer, über die sich Rosen rankten; das Elflein schlüpfte mit Hansi durch ein offenes Gittertor, und Hansi erblickte einen weiten blühenden Garten vor sich, der in unübersehbar viele kleine Beete eingeteilt war. Diese Beete oder besonderen Gärtlein waren von zahllosen wunderschönen Blumen überleuchtet. – Wenn man näher zusah, so hatten die Gärtlein freilich ein verschiedenes Aussehen, und einzelne machten geradezu einen dürftigen und unfreundlichen Eindruck, und in dem armseligen Erdreich staken nur einige harte Disteln und graue, dünne Blätter. In jedem Gärtlein war ein Weiher, dessen Wasser in den schönen Gärtlein leise blinkte, während es in den andern überschwemmend alle Blumen zu verdrängen und zu zerdrücken wollen schien.

Jetzt hielt der Elf vor einem Gärtlein, in dem der kleine Weiher schon fast bis zum Überlaufen gefüllt war. Wie sie stille standen, fragte der staunende Hansi: «Was ist dies für ein merkwürdiger riesengrosser Garten? Und was sollen alle die vielen vielen Gärtlein und in der Mitte von jedem die Weiherlein darin?» Der Elf stellte sein Krüglein zu Boden. «Dies ist der Garten, in dem jedes Kind sein besonderes Gärtlein hat, und wenn ein Kind glücklich und froh und gut ist, so pflanzt sein Freudenelf für jede Freude, die es empfindet oder anderen bereitet, eine Blume in sein Gärtlein, und schau nur, wieviel Freuden die Kinder haben müssen, weil soviel rote und blaue und gelbe Blumen in dem weiten Garten blühen. In die Weiherlein aber müssen wir Trauerelfen unsere Tränenkrüglein leeren. Alle Tränen, die das Kind weint, das wir behüten, müssen wir sammeln, und wenn sein Weiherlein überfliesst, so verderben seine Freudenblumen unter dem salzigen zerstörenden Nass der Tränen. Und auch die liebe Sonne, die besonders leuchtend über diesem Garten strahlt, hat am Ende nicht mehr die Kraft, die Blumen aufzurichten, und darum bleibt, wie du siehst, in einzelnen Gärtlein nur noch hässliches, missfarbenes Gewächs!»

«Wem gehört dieses Gärtlein?», fragte Hansi und deutete auf das Gärtlein, vor dem sie standen, «es ist so froh und bunt, es gefällt mir so gut; nur oben am Weiherrand stehen verwelkte Blümlein.» «Das ist dein Gärtlein», sagte der Elf, «und wenn ich dies Krüglein voll

Tränen hineingeleert habe, dann braucht es nur noch ein Krüglein, um dein Weiherlein zum Überfliessen zu bringen. Und dann müssen die Blumen sterben, die in deinem Garten wachsen!» Hansi tat einen tiefen Seufzer, und wie der Elf jetzt mit dem Krüglein zum Weiher schritt und es entleerte, seufzte er noch einmal. Aber obgleich er ganz nahe daran war, zu weinen, so schluckte er die Tränen tapfer hinunter und machte sich ganz stark. Er wollte sich auf keinen Fall sein Gärtlein selber verderben. Der Elf warf einen Blick auf Hansi und sagte mit einem befriedigten Nicken wie zum Trost: «Ein bisschen trinkt immer die Sonne von den Tränenweiherlein fort; sie steht jeden Tag gleich klar und golden über diesem Garten und hat alle Kinder lieb; auch dich. Darum ist diesmal dein Weiherlein auch noch nicht übergelaufen!» Hansi sandte einen dankbaren Blick zur Sonne und schaute dann dem Elf in die Augen: «Ich will daran denken, was du mir gesagt hast, es ist gut, dass du mich in diesen Garten geführt und mir zur rechten Zeit mein Weiherlein gezeigt!» «So spring denn schnell zu deiner Mutter und sag ihr, dass du brav sein und in Zukunft kein Heul-Hansi mehr sein willst. Dann läuft dein Weiherlein nicht über!»

Hansi klatschte in die Händchen und jubelte; man sah, was er für ein herziger Bub sein konnte. Und flugs kam auch sein schimmerndes Freudenelfchen und pflanzte eine neue Blume in seinen Garten. Und wie Hansi lachte vor Glück, war er auf einmal wieder in seinem Zimmer daheim und seine Mutter stand vor ihm. Sie hatte gar kein strenges Gesicht mehr und sagte mit einer lieben Stimme: «Komm, ich will dich jetzt sauber machen!» Hansi sah sie mit strahlenden Augen an: «Mutter», sagte er, «ich bin bei den Tränenweiherlein gewesen, aber meines soll dann nie, nie überfliessen, das verspreche ich dir, Mutter!» Und während er sich, ohne ein Mückslein zu tun, waschen und bürsten liess, erzählte er seiner Mutter, wo er gewesen war.

6. Das Freudengärtlein

Der Rudi war heute wirklich sehr brav gewesen. Als die Mutter ihn am Abend zu Bett brachte, konnte sie ihm zu ihrer grossen Freude sagen: «Heute hast du mich ganz glücklich gemacht, und wenn du nun schnell einschläfst und nicht mehr rufst, so kommt diese Nacht gewiss das Freudenelflein zu dir.»

Rudi sah die Mutter mit leuchtenden Augen an, schlang noch einmal die Ärmchen um ihren Hals und drehte sich auf die Seite. Es dauerte nicht lange, so war er eingeschlafen. Da näherte sich auch schon ein feines Wesen seinem Bett, hob sich auf die Zehen, tippte mit zarten Fingerlein an Rudis Wange und sagte: «Komm, ich führe dich heute zu den Freudengärtlein, ich bin der Freudenelf!» Rudi rieb sich die Augen und sprang mit beiden Füsschen zugleich aus dem Bett: «Aber ich habe nur mein Nachthöschen an», sagte er. «So zieh rasch dein Kittelchen darüber», entgegnete der Elf, «ich sehe, du hast deine Kleider alle nett und ordentlich dahingelegt, und auch deine Pantöffelchen stehen unter dem Bett; so ist es recht, Rudi, und wie flink du dich alleine anziehen kannst!» Rudi betrachtete beglückt das Elflein. «Was hängt dir denn da für ein Trücklein mit Blumen über die Schulter?», fragte er. «Das sind deine Freuden vom heutigen Tage», lachte der Elf, «aber nun komm!» Er streckte sich und fasste Rudis Hand.

Lautlos schritten sie die Treppen hinunter; alle Türen öffneten sich von selber, das Elflein brauchte sie nur zu berühren. Draussen war ein weicher Sommerabend, und die Sonne stand in goldroten Streifen am Himmel. «Gell, es ist schön auf der Welt!», sagte das Elflein. «Ja, wunderschön!», jubelte Rudi. Sie schritten an Feldern und Wäldern entlang und kamen an ein breites Gittertor. Als sie in den Garten traten, weiteten sich Rudis Augen vor Entzücken. In unübersehbarer Herrlichkeit dehnte sich Beet an Beet, und es sah aus wie ein buntwogendes Meer von lauter Blumen. Rudi wagte vor Staunen und Freude kaum vorwärts zu gehen.

«Komm», sagte der Elf, «dass ich dir dein Gärtlein zeige inmitten des grossen Gartens. Dies ist das Kinder- und Jugendland. Jedes Kind auf der weiten Welt hat sein Gärtlein hier, und jedes Kind hat einen Freudenelf und einen Trauerelf, die es bewachen. Ich sammle deine Freuden in diesem Kästchen, und dein Trauerelf sammelt in einem Krüglein deine Tränen. Zum Glück gehörst du nicht zu den Kindern, die bei jeder Gelegenheit losheulen. In jedem Gärtlein ist ein Tränenweiherlein, und es ist traurig, wenn ein Kind soviel weint, dass sein Weiherlein überfliesst, denn dann müssen am Ende die Freudenblumen welken und sterben. Aber bei einem so fröhlichen Buben wie du einer bist, braucht man dafür wirklich keine Angst zu haben. Jetzt darfst du zusehen, wie ich deine Freudenblumen einpflanze vom heutigen Tage; sieh, dort ist dein Gärtlein!» Mit glückseligem Aufatmen blieb Rudi stehen und schaute auf das Gärtlein, das ihm gehörte. Gespannt beugte er sich vor und sah, dass sein Tränenweiherlein kaum feucht war.

Nun nahm der Elf ein rosarotes Blümlein aus dem Kästchen, zog ein silbernes Schäufelchen aus dem Gürtel, und wie er behutsam die zarten Würzlein in die Erde senkte, sagte er: «Diese Blume pflanze ich dir ein, weil du heute immer folgsam gewesen bist und dich ganz alleine angezogen hast, weil du deine Kleider nicht beschmutzt und zerrissen hast, weil du so nett aufgeräumt und den Tisch gedeckt und deine Mutter nicht geplagt und ihr geholfen hast, wo du konntest!»

Dann hob er ein blaues Blümlein aus dem Trücklein: «Diese pflanze ich ein, weil du nie gestritten hast mit deinen Geschwistern und gar nicht zornig wurdest, als dir dein Bruder das schöne Haus umgeworfen, das du gebaut!» Wieder wählte das Elflein unter den Blumen und nahm einen weissen Stern heraus: «Diese Sternenblume pflanze ich ein, weil du dem armen blassen Kind, das an eurer Türe Fegsand verkaufte, ganz von selber dein Brot und deinen Apfel gegeben und einen Zwanziger ihm geschenkt aus deiner Sparbüchse. Und diese allerschönste goldene Blume, Rudi, pflanze ich ein, weil du dem müden alten Fraueli geholfen hast, den schweren Korb den Berg hinauf tragen. Dass du mit deinen Kinderkräften so liebreich andere stützen und führen willst, sieh, dafür pflanze ich dir die leuchtendsten Blumen in dein Gärtlein; denn nichts bereitet grössere Freuden, als anderen Freude zu machen. – Und nun will ich dich zurückgeleiten in dein Bettlein und da kannst du warm und süss weiterschlafen!»

Als der kleine Rudi am andern Morgen erwachte, schlang er seine Ärmchen um der Mutter Hals und sagte glückselig: «Mutter, mein Freudenelf hat mir mein Freudengärtlein gezeigt; es ist ganz voller Blumen, und man weiss nicht, welches die schönste ist. Und Mutter, das verspreche ich dir, das Trücklein von meinem Freudenelf soll an keinem Tage leer bleiben, und an jedem Tag soll er Blumen einpflanzen können in mein Gärtlein!»

7. Im Osterland

«Kathrinli», sagte die Mutter zu ihrem kleinen achtjährigen Mädchen, «ich muss heute den ganzen Nachmittag im Lindenhof beim Putzen helfen. Die Herrschaften erwarten Besuch morgen zum Osterfest. Ich weiss nicht, wie spät es wird. Dann musst du schon allein bei uns aufräumen. Wir wollen doch alles blitzblank haben auf Ostern. Wenn es dann auch bei uns nicht so viele Hasen und Ostereier gibt wie bei den reichen Leuten, so haben wir es sonst schön miteinander. Gell, Kathrinli?»

Kathrinli lachte fröhlich über sein sauberes Gesichtchen, um das die zarten, blonden Löckchen wie ein goldiges Kränzlein strahlten, und in seinen braunen Augen blitzte es vor Eifer und Unternehmungslust. «Ich mache alles aufs Tüpfeli, so wie du, Mutter», sagte es «ich weiss dann schon, wie es laufen muss.»

«Recht so!», lobte die Mutter; sie knotete sich das weisse Kopftuch unter dem Kinn zusammen und ging.

Nun begann das Kathrinli zu schaffen. Es band sich zuerst eine blaue Schürze der Mutter über sein rotes Röckchen, so dass der obere Rand an das feine rosige Hälschen stiess. Alsdann holte es aus dem kleinen sauberen Haus, das so freundlich unter den Bäumen am Seerand lag, allerhand Holz und Messinggeschirr, Teller, Eimer und Kessel und stellte die Sachen auf die Holzbank vor dem Hause. Es fegte und putzte, dass es eine Art war, und sein Gesicht blühte dabei, wie die Pfirsichblüten an der Hauswand. Mit den grössern Sachen ging es hinunter zum See und reinigte sie dort. Für das Messinggeschirr rupfte es sich Grasbüschlein und Pflanzenblätter und scheuerte zuerst damit. Und hernach rieb es eifrig mit saubern Tüchern und ruhte nicht, bis alles glänzte und funkelte und kein Flecklein mehr zu sehen war. Am Ende stellte es die ganze strahlende Herrlichkeit sauber und stattlich auf die Bank vor der Haustür, dass die Sonne sich in dem Kupfergeschirr spiegelte und die Holzteller trocknete. Als Kathrinli noch die Stube und den kleinen Hausgang gefegt hatte, räumte es alles wieder nett und ordentlich ein. Wie es auch damit fertig war, streuselte es mit zierlichen Bewegungen weissen feinen Sand auf den Boden.

Nun glaubte es wirklich, alles so gemacht zu haben, wie seine Mutter und setzte sich mit glücklichem Aufatmen vor die Türe auf die Hausbank. Der See glitzerte unter dem warmen klarblauen Frühlingshimmel hell zu ihm herauf. Da fiel dem Kathrinli ein, dass es sich nun selber sauber machen wolle. Es wusch und rieb sich Gesicht und Arme und Beine, dass es am Ende um die Wette glänzte mit den blitzenden blinkenden Wellen. Als es nun wie ein kleiner strahlender Festtag da stand, kam ihm der Gedanke, dass zu einer rechten Osterstube auch ein Osterstrauss gehöre. Das Kathrinli hatte dabei eine heimliche Hoffnung, dass auf einen netten bunten Ostermaien der Osterhas aus dem Osterland etwa ein farbiges Ei oder auch zwei legen möchte. Kathrinli musste ordentlich ein Tänzchen machen vor Freude bei dieser Aussicht. Es wusste schon, wo die Schlüsselblumen am schönsten und goldhellsten blühten und die Blauveilchen am süssesten dufteten. So nahm es dann sein rundes Körbchen und machte sich ungesäumt auf den Weg; es wollte wieder daheim sein, wenn der Vater vom Fischfang, oder die Mutter vom Putzen nach Hause kommen sollten.

Bis zum Wald war es eine gute halbe Stunde, die Sonne brannte frühlingswarm hernieder und die Luft flirrte vor Licht.

Dem Kathrinli wurde ordentlich heiss, wie es mit seinem Körbchen über die einsame weissliche Landstrasse trappelte. So kam es endlich an den klaren Buchenwald, in dem einzelne helle Birken standen. Die glatten Stämme leuchteten, und jedes Reislein schien sich mit seinen zarten drängenden Knospen des Lebens zu freuen.

Auf dem Waldgrund blühten Anemonen und Schlüsselblumen, und von einem kleinen Abhang her wehte lockend und verheissungsvoll Veilchenduft. Kathrinli war ganz benommen von der Frühlingsherrlichkeit und pflückte so viel und so schnell es nur konnte, so dass sein weidengeflochtenes Körbchen sich schön und beglückend füllte. Wie es derart eifrig bei der Arbeit war, sprang auf einmal ein Hase durch den lichten Frühlingswald, und fast im gleichen Augenblick stob auch gackernd ein weisses Huhn daher. Kathrinli war masslos überrascht, so dass ihm fast vor lauter Staunen sein Blumenkörbchen zu Boden gefallen wäre. Und auf einmal kam ihm der Gedanke, dass dieser Hase und dieses Huhn zum Osterland gehörten, und dass dieses Wunderreich demnach ganz in der Nähe sein müsse. Eilfertig machte es sich auf, den beiden zu folgen, und flink wie ein Rehlein sprang es ihnen nach, über den moosigen blumenübersäten Waldboden. Am Ende indessen war es so ausser Atem, dass es sich auf einen Baumstrunk setzte, der wie ein Trönlein inmitten der Frühlingsblüten stand und über und über mit Moos wie mit einem weichen, grüngoldnen Teppich bedeckt war.

Als das Kathrinli wieder zu Atem gekommen und sich umschaute, in welcher Richtung es weiter laufen sollte, um in das Osterland zu kommen, glaubte es plötzlich seinen Augen nicht zu trauen: gar nicht weit von ihm, auf einer Lichtung im Walde, entfaltete sich ein wunderbares Leben, und ein buntes Gewimmel verwirrte zuerst förmlich Kathrinlis Sinn. Bald aber konnte es in dem Hin und Her Einzelheiten erkennen. Eine dicke stattliche Häsin, in blau und weiss gestreiftem Röckchen, roter Schürze und grünem Halstuch und ein prächtiger schöner Hase in gelb und roten Hosen und einem kecken Filzhütchen zwischen den steifen, langen Ohren, dirigierten und kommandierten eine ganze Menge kleiner und grosser Hasen, und dazwischen gackerten Hühner, und ein stolzer Hahn mit rot geschwollenem Kamm tat, als habe er hier auch etwas zu sagen, obwohl sich in der Geschäftigkeit ringsum niemand um ihn bekümmerte. Die Augen weit aufgerissen vor

Staunend, sein Blumenkörbchen dicht an sich gedrückt, näherte sich Kathrinli mit angehaltenem Atem der bunten märchenhaften Herrlichkeit.

Das weisse Huhn und der Hase, die vorhin durch den Wald gelaufen waren, befanden sich auch auf der Wiese. Als sie Kathrinli erblickten, sagten sie: «So, du bist uns nachgesprungen; wir sahen dich vorhin im Wald beim Blumenpflücken. Du kannst von Glück sagen, dass du den Weg hierher gefunden hast; die meisten Kinder kommen nur im Traum dahin. Dies ist das Osterland. Bitte, halte uns nun aber nicht auf mit Fragen; du siehst, wir sind alle sehr beschäftigt. Wir haben noch ungeheuer viel zu tun bis morgen. Du kannst deine Augen gut aufmachen und dir alles ansehen!»

«Darf ich helfen?», fragte Kathrinli schüchtern.

«Wende dich an die Hasenmutter, wenn sie Zeit hat!», sagte das weisse Huhn. «Sie bestimmt hier alles; auch wir Hühner müssen ihr folgen!»

Kathrinli näherte sich der Hasenmutter und brachte höflich mit einem Knixchen sein Anliegen vor. Die Hasenmutter stemmte einen Augenblick die Arme in die Seiten und sah Kathrinli prüfend an: «Du kannst aus deinem Körbchen Blumen in die gefüllten Nestchen legen», entgegnete sie, «und hernach den Bisquithasen Glöckchen anhängen!»

Überglücklich begab sich Kathrinli an die Arbeit. Dabei hatte es Zeit, sich in dem überwältigend bunten Treiben im Osterland zurecht zu finden. In zierlichen kleinen Hütten am Waldrand war ein lebhafter Betrieb. Kleine Hasen sprangen mit leeren Körben zu den offenen Türen und kamen mit gefüllten wieder heraus. Als Kathrinli einen Blick in die Hütten warf, sah es darin lauter schöne, saubere Nester, auf den einen sassen Hasen, auf den andern Hühner, und es herrschte ein förmlicher Wetteifer, welcher die meisten und grössten Eier legte. Kathrinli klatschte ordentlich in die Hände vor Vergnügen.

In der nähe der Hüttchen waren niedrige lange Bänke, auf denen Farbtöpfe standen. Hasenkinder tauchen die Pinsel tief hinein und bemalten die Eier, die ihnen von den huschenden Häslein zugetragen wurden. Andere Hasen rieben die roten, lila, grünen, gelben und blauen Eier mit Speckschwarten ab, dass sie noch glänzender wurden. Und wieder andere legten die fertigen Eier in Körbe und Kisten, die sie kleinen Hasenmädchen und Buben zur Weiterbeförderung übergaben. Dazwischen machten die allerkleinsten Häslein Purzelbäume oder spielten «Häslein in der Grube!» Eins war gerade in einen Farbtopf gefallen, darum wollte die Hasenmutter keins von ihnen mehr helfen lassen. «Ich werde euch an den Ohren nehmen!», drohte sie. Ausser den bunten Eiern wurden in grossen Kupferkesseln etwas abseits auch Schokoladeneier, rote Zuckereier und gelbliche Eier aus einer Zucker- und Mandelmasse gekocht. Kathrinli sah, wie ein kleiner Hasenbub immer heimlich den Löffel abschleckte, wenn er wieder ein Ei geformt hatten und wie sich ihm dabei vor Wohlbehagen die Schultern ordentlich hoben. Einmal wurde er von der Hasenmutter ertappt. «Dich will ich!», rief sie und schwenkte dabei das zappelnde Bürschchen gründlich bei den Ohren. In einem andern Winkel waren verschiedene Hasen damit beschäftigt, aus Schokolade, roter und gelber Zuckermasse Hasen zu formen in allen Grössen. Einige Hasen mussten dazu Modell stehen und lustige Stellungen einnehmen; ein Hase, der hier das Oberkommando führte, probierte gerade neue Haltungen, und weil er eine Brille trug und recht rund war, so sah es komisch aus, wie er mit den Vorderpfoten kreisförmig und in allen Richtungen hin und her wehte und mit dem Schwänzchen wackelte.

In einer Hütte war eine saubere Bäckerei untergebracht, in welcher die schönen goldhellen Bisquithasen gebacken wurden; und diesen durfte Kathrinli an himmelblauen Bändern die zarten bimmelnden Glöckchen umhängen.

Die Hasenmutter, welche allenthalben die Oberkontrolle hatte, war überall zu sehen. Kaum erblickte man sie mit ihrem grossen Holzlöffel in dieser Ecke des Betriebes, so hörte man ihre Befehle auch schon in der entgegengesetzten Richtung. «Das muss gehen wie das Bisiwetter», sagte sie, «flink, flink, morgen muss auch das ärmste Kind sein buntes Eilein haben, und wenn immer möglich, einen süssen Hasen dazu. Kathrinli, gib mal dein Körbchen her, – du hast brav geholfen, du bist überhaupt ein gutes Kind und tust keinem Tier etwas zu leide – ich will dir jetzt schon deine Eier geben!» Sie füllte dem Kathrinli das Körbchen mit roten, blauen und grünen Eiern und setzte ihm einen prächtigen Osterhasen dazu. «Jetzt musst du sorgen, dass du heim kommst», sagte die Hasenmutter, «damit deine Eltern nicht in Angst geraten. Ich lasse sie schön grüssen. Und morgen kannst du den Kindern im Dorf erzählen, dass du im Osterland gewesen, und dass es damit seine Richtigkeit hat. Es ist nichts geschwindelt dabei. Leb wohl, Kathrinli!»

Kathrinli machte ein Knixchen wie vor der Schlossfrau und sagte: «Danke schön, Frau Osterhäsin, wirklich, ich hätte nie geglaubt, dass es so etwas Schönes gibt, wenn ich es nicht mit eigenen Augen gesehen hätte!» –

Und dann? Ja, dann sass Kathrinli urplötzlich wieder auf dem moosüberzogenen Baumstumpf und rieb sich die Augen und sah verdutzt um sich. Es meinte schon, es hätte das ganze Märchenwunder vom Osterland geträumt. Aber neben ihm stand sein Körbchen und zwischen den goldhellen Schlüsselblumen und den kleinen duftenden Veilchenbüscheln lagen die farbigen Eier, und der stattliche Schokoladenhase war auch da. Kein Zweifel, Kathrinli war im Osterland gewesen. Voll Staunen und Wundern lief es heim.

«Närrlein!», sagte die Mutter, als Kathrinli alles erzählt hatte, «du hast das alles geträumt!» «Aber die Eier, Mutter», rief Kathrinli, «und der schöne Schokoladenhas?»

«Das ist mir, meiner Seel, auch ein Rätsel!», sagte die Mutter. «Vielleicht hat ein guter Mensch dir armem Tröpflein und sich selber eine Freude machen wollen. Nun, wie dem auch sei, Kathrinli, ein Wunder ist es jedenfalls; da hast du recht!»

8. Robertlis Heimweg

Die Mutter hatte den kleinen siebenjährigen Robert in das be-
nachbarte Dorf geschickt, um beim Bäcker ein grosses weisses Brot
zu holen. Sie erwartete Besuch zum Kaffee, Tante Frida wollte mit
dem vierjährigen Anneli kommen. Robert war nach dem Mittages-
sen fortgegangen, hatte vor dem Einkauf des Brotes noch etwas mit
den Dorfjungen am Brunnen gespielt, auf der Brunnenröhre geses-
sen und gespritzt, oder sich anspritzen lassen. Nun befand er sich
mit dem schönen braunglänzenden Brot auf dem Heimweg und
hielt es unter dem Arm an sein blauleinenes Kittelchen gepresst.
Der Tag war voller Sonne, der Frühlingswind fächelte; auf den Wiesen blühte und sprühte der gelbe Löwenzahn in tausend und aber
tausend runden strahlenden Sternen, in den zartbelaubten Bäumen
zwitscherten und sangen die Vögel, und den kleinen Robert dünkte
das Beben wunderschön. Er pfiff und jubelte mit den Sängern in
den Zweigen um die Wette: «Fideri, fideri, fiderallala, fideri, fideri,
fidera!»

Dabei roch er von Zeit zu Zeit an das köstlich duftende frische
Brot. Wie der Weg nun bergan ging, stieg dem Jungen der Brotge-
ruch besonders gut und verlockend in die Nase. Gar zu gerne hätte
er sich von der knusperigen Kruste ein bisschen abgeklaubt. Um der
Versuchung zu widerstehen, sang er noch lauter und kräftiger.
Dabei fühlten seine Finger immer wieder über die Stellen, wo die
Brotkruste in schönen braunglänzenden Blasen sich emporwölbte.
Einmal blieb ihm über dem Fühlen wie zufällig ein Stückchen zwischen den Fingern hängen. Mit aufseufzendem Wohlbehagen schob
sich Robert dieses Stückchen in den Mund. Während ihm der er-
sehnte Genuss langsam auf der Zunge zerging, wohlschmeckend
wie ein allerfeinstes Gutzi, schielte der Bub mit lüsternem Auge an
dem Brot entlang, ob nicht an einer weiteren Stelle die Kruste so
locker und knusperig sei, so dass sie wieder ganz zufällig, wenn
man nur ein bisschen derber dran drückte, sich loslöste. Als sich
ihm keine günstige Angriffsgelegenheit zeigte, drängte Robert geschickt die kleinen dicken Bubenfinger unter die aufgeplatzte Blase
und hob säuberlich und mit Bedacht ein ansehnliches Stück der
Kruste ab. Wieder lief dem Buben das Wasser im Munde zusammen, als er sich den duftenden Bissen zwischen die Lippen steckte.

Der kleine Robert war jetzt ganz ehrlich vor sich selbst und sagte sich nicht mehr zur eigenen Entschuldigung, dass sich die Brotrinde allein und nur zufällig löse. Er hätte das ganze Brot essen können, so über die Massen gut dünkte es ihn. In seinem Eifer, der vor lauter Geniessen keinerlei Bedenken aufkommen liess, merkte er gar nicht, wieviel er schon von der braunen Kruste abgesprengt hatte, und dass von der zartgelben appetitlichen inneren Hülle ein grosses Stück hervorkam.

Auf einmal indessen entdeckte Robertli doch den angerichteten Schaden und wurde förmlich betroffen davon. Er konnte es gar nicht begreifen, dass die Versuchung ihn derart überwältigt hatte und war plötzlich voller Angst und Sorge. Was würde auch die Mutter sagen, wenn sie das verunstaltete Brot sah? Es erinnerte den kleinen Buben jetzt in der Tat an das gefleckte Fell des Tigers in seinem Bilderbuch. Roberts Gewissen wurde mit jedem Schritt schwerer und unruhiger; was war er doch für ein böser Junge, dass er seiner Mutter immer wieder Leid und Ärger verursachte. Was hatte er schon alles an Kümmernissen und Versuchungen ausstehen müssen auf diesen Rückwegen vom Dorfe, wo er für die Mutter und den Haushalt die Besorgungen machen musste, bis hin zum Elternhause, dem kleinen Sägewerk oben im Tal am Bach. Es war wirklich bei aller Freude manchmal zum Verzweifeln, wie es Robert in den Fingern zwickte und zwackte, bis sie trotz aller guten Vorsätze ans Naschen und Stibitzen gerieten.

Das frische Brot vom Bäcker dünkte Robertli einfach besser als das oft wochenalte, welches die Mutter daheim selber buk, und die Bauernwurst vom Metzger Zünd im Dorf kam ihm auch eingestandenermassen saftiger vor als der geräucherte Speck zu Hause. In seiner Reue und Verzweiflung über den dem Brot zugefügten sichtbaren Schaden kam Robert ein Erlebnis in den Sinn, welches er als fünfjähriger Bub gehabt. Damals hatte die Mutter ihn geschickt, eine Wurst zu holen. Der kleine Junge hatte zuerst wie unbewusst mit dem Fingerchen oben an der Wurst gebohrt, bis ein schmales Loch entstanden war. Durch dieses Loch hatte er sich auf jenem Heimweg unter der Wursthaut immer wieder einen winzigen rosigen Leckerbissen hervorgeholt und in den Mund gesteckt. Weil Robert damals noch so dumm war, hatte er wahrhaftig gemeint, seine gescheite Mutter werde unter der unbeschädigten Wursthaut den

Schaden nicht entdecken. Aber als er dann den unverhüllten Kummer der Mutter gesehen, war Robert eigentlich fest entschlossen, nie mehr in seinem ganzen Leben etwas so Böses und Unrechtes zu tun. Die Mutter war über seine Schlauheit und Naschhaftigkeit ganz unglücklich geworden und hatte gesagt: «Ich gebe dir doch von allem, Robertli, und du hast ein so schönes ungesorgtes Leben, warum musst du dir denn so listig Sachen nehmen, die für andere bestimmt sind? Wer sich als Kind nicht beherrschen lernt, aus dem wird, wenn er grösser wird, einmal etwas ganz Schlimmes, ein Dieb oder noch etwas Ärgeres. Jetzt kannst du dich bei der Taglöhnerin entschuldigen, ihr hast du die Wurst weggenascht. Sieh, Robertli, jetzt müssen wir uns beide vor der guten rechtschaffenen Frau schämen!» Der Mutter war das Schluchzen in die Kehle gestiegen, und sie hatte sich mit dem Schürzenzipfel die Tränen abgeputzt.

Als Robertli in völliger Zerknirschung dagestanden und nahe daran gewesen war, mit der Mutter gemeinsam zu weinen, war der Vater aus der Säge gekommen. Als er den Sachverhalt gehört, hatte er der Mutter begütigend auf die Schulter geklopft und mit seiner guten Stimme tröstend gesagt: «Das musst du nicht so schwer nehmen, Mutti, dergleichen kann auch einem braven und lieben Kind einmal passieren; es muss sich solche Sachen nur nicht zur Gewohnheit machen. Deshalb wird aus unserem Robertli doch ein aufrechter Bursche, an dem alle Menschen Freude haben sollen.» Er hatte seinem Buben die Hand unter das Kinn gelegt und ihm den gesenkten Kopf emporgerichtet zu seinen klaren Augen: «Immer die Stirne hoch, Robert», hatte der Vater gesagt, «und kein Duckmäuser sein; und wenn einer bedacht oder unbedacht einmal ein Unrecht begangen und sich und andern dadurch einen Kummer bereitet hat, dann sorgt er, dass er seinen Fehler bei nächster Gelegenheit durch eine brave und rechte Tat wieder gut macht. Nun spring und trage der Mutter Holz in die Küche. Zeig ihr, dass du helfen und nützen kannst, und dass auf dich ein Verlass ist!» –

In seiner Herzensnot musste Robert an diesen Vorfall denken, als er mit seinem so böse zugerichteten, abgeknusperten Brot heute heimwärts trottete. Wie schmählich hatte er von neuem das Vertrauen von Vater und Mutter getäuscht! Warum musste die Reue stets zu spät kommen? Warum konnte er das Brot nicht wieder säuberlich ganz machen? Immer von neuem betrachtete er bekümmert den angerichteten Schaden, besah das Brot von allen Seiten und dachte an die Mutter und die zu erwartenden Vorwürfe.

Ach! wenn er ihr nur schnell durch eine gute Tat den Beweis geben könnte, dass er doch nicht ein so schwacher, schlechter Bub sei, wie es jetzt den Anschein hatte!

Nun erblickte er bei der nächsten Wegbiegung schon sein freundliches Elternhaus, das «Sägli» vor sich, und die Fenster mit den fröhlichen Blumen winkten ihm ein helles Willkommen zu. Dem kleinen Buben wurde das Herz immer schwerer. Was würden auch Tante Frida und das lustige vierjährige Anneli sagen, wenn sie das Brot erblickten, das er eigens für ihren Besuch hatte holen müssen?

Immer weniger konnte Robert seine Schwäche begreifen, und seine Füsse wollten ihn kaum noch vorwärts tragen. Der blaue Frühlingstag hatte für ihn sein Leuchten verloren und sein «Fideri, fidera fiderallala» war ihm gründlich vergangen. Am liebsten hätte er sich unten beim glitzernden Bach auf die Böschung gesetzt und wäre dort sitzen geblieben; er getraute sich nicht weiter zu gehen. Sicher, aus ihm würde sozusagen seiner Lebtag nie etwas Rechtes, ein unzuverlässiger, nach jedem Leckerbissen gieriger Bub, wie er war, der keine Selbstbeherrschung und keinen rechten Gehorsam kannte!

Als Robertli so trübselig hinausstarrte, sah er, wie das Anneli, das wohl inzwischen mit seiner Mutter zum Besuch eingetroffen war, am Wiesenrand in seligem Versunkensein sich einen Blumenstrauss pflückte, goldgelbe Sönnlein vom Löwenzahn, Margritli und Vergissmeinnicht. Anneli war so dem Pflücken hingegeben, dass es Robert gar nicht bemerkte. Mit seinen Blümlein bewegte es sich in der blühenden Wiese hin und her. Nun strebte es dem Bache zu, wo die blauesten und schönsten Vergissmeinnicht wuchsen.

Auf einmal riss der Robertli seine trüben Augen weit auf. Das Anneli musste auf dem abschüssigen Bord ausgeglitscht sein, es tat plötzlich einen durchdringenden, markerschütternden Schrei und rutschte die Böschung am Bachrand hinunter. Es wollte sich halten an den schwachen Gräsern; alle seine leuchtenden Blumen entfielen den angstvoll zuckenden Händen; aber nirgends vermochte das Kind Halt zu finden und nun lag es völlig verzweifelt, weinend und rufend im Wasser.

«Ich komme, Anneli, ich komme!», rief Robertli aus Leibeskräften, «musst nicht Angst haben, Anneli, ich helfe dir, ich ziehe dich heraus!» Er legte das Brot auf die Wiese, und während er mit raschen Schritten vorwärts sprang, entledigte er sich seines Kittelchens, um freier zu sein. Und nun stand er auch schon im Bach und griff nach dem Anneli, das von den eilig drängenden Wellen bereits zu Boden gerissen worden war und dessen Köpfchen mit dem angstverzerrten Gesicht sich nur mühsam noch gegen das gluckernde, rauschende Wasser wehrte.

Robertli umfasste das Kind mit seinen kleinen starken Armen ganz fest; er stemmte sich mit aller Kraft gegen die Wellen, und obgleich ihm das Wasser bis an die Brust ging, so vermochte er doch mit einer schier übernatürlichen Willensanstrengung der Gewalt des treibenden Wassers standzuhalten. In dem kleinen siebenjährigen Buben war urplötzlich die Tatkraft und Überlegung eines Mannes. Robert wusste ganz genau, dass er mit Anneli in grosser Gefahr war. Wenn es ihm jetzt nicht gelang, aufrecht zu bleiben und standzuhalten, so konnten sie beide ertrinken. Wie ein Blitz durchzuckten ihn in diesem Augenblick des Vaters Worte: Durch eine rechte brave Tat macht man ein Unrecht wieder gut. Wenn er das Anneli rettete, würde die Mutter ihm wegen des verschandelten Brotes keine Vorwürfe machen; sicher, dies war die Tat, die ihm zur Sühne gereichte. Nun konnte seine Mutter sehen, dass das Gute stärker in ihm war als das Schwächliche.

Roberts Gesicht wurde dunkelrot vor Anstrengung. Alle seine Muskeln strafften sich, und so zog er das schwere blasse Anneli ans Ufer und auf die Wiese.

Da kamen auch die beiden Mütter über die Matte gerannt, die der Kinder Hilfeschreie gehört. «Um Gotteswillen!», riefen sie, als sie die nassen zitternden Kinder erblickten, «was ist geschehen?»

Robert berichtete; jetzt, nachdem die Tat vollbracht, übermannte ihn die Aufregung, und er konnte nur unter Schluchzen, stossweise, den Hergang erzählen. Annelis Mutter hatte ihr tropfendes bebendes Kind auf den Arm genommen und streichelte Roberts glühende, tränenfeuchte Wangen: «Bist ein Tapferer, Robertli; wie ein Grosser hast du gehandelt; recht ein Schutzenglein bist du dem Anneli gewesen!»

Roberts Schluchzen wurde sanfter; er deutete aus das unweit in der Wiese liegende Brot und schmiegte sich dichter an seine Mutter: «Ich habe die Brotrinde wieder abgeklaubt, Mutter», bekannte er; «aber das verspreche ich dir, von jetzt an kommt so etwas nicht mehr vor. Gell, Mutter, du wirst diesmal nicht böse und traurig sein; ich habe das Unrecht nach des Vaters Rat gut machen wollen, indem ich das Anneli rettete. Gell, Mutter, aus mir kann doch noch etwas Rechtes werden!»

Der Mutter wurde es merkwürdig eng im Hals bei Roberts Worten. «Bist mein lieber Bub», sagte sie innig, «bist mein Schatz und meine Hoffnung!» Sie nahm das Brot und Roberts Kittel. «Nun kommt nur schnell ins Haus, wir wollen euch schleunigst trockene Sachen anziehen. Und dann wollen wir Kaffee trinken; er steht schon auf dem Tisch, wir haben nur auf dich und das weisse Brot gewartet, Robertli!» Tante Frida hatte Roberts Bekenntnis gehört, und weil das Anneli schon wieder lächelte in ihren Armen wie ein verregnetes Blümlein, das die warme Sonne zu neuer Lebensfreude streichelt, so lächelte Tante Frida auch ihr sonnenfrohes Lächeln und sagte gutmütig: «Weisst du, Robertli, ich habe das als Kind ebenfalls so gehabt, dass mich die frische Brotrinde so über die Massen gelustig machte. Das geht noch manchmal Erwachsenen so. Darum quäle und gräme dich nicht weiter. Geschäh' nichts Böseres! Dein Brot soll uns heute ohne die tadellose Kruste dennoch prächtig schmecken. Mir wird jedenfalls nie ein Brot besser gemundet haben. Ich habe eine frische Honigwabe mitgebracht und Maibutter! Ein rechtes Dankesmahl wollen wir halten, Robertli. Ein Bub wie du wird nach einem solchen Heimweg einen währschaften Hunger verspüren. Für die Rettung vom Anneli aber verdientest du eine Rettungsmedaille. Ja, Robertli, ich bin völlig sicher, dass aus dir ganz bestimmt etwas Tüchtiges wird. Da braucht niemand Angst zu haben. An dir wird man Freude erleben!»

Robertli bekam mit einem Male wieder seine hellen glänzenden Bubenaugen; er tat einen Freudensprung und jauchzte: «Hast du es gehört, Mutter, Honigwabe, Maibutter und Rettungsmedaille! Und aus mir wird ganz bestimmt etwas! Tante Frida hat es gesagt! Juhu! Was Tante Frida sagt, muss gelten! Mein ganzes Leben will ich an diesen Heimweg denken! Fideri, fideri, fidera!»

9. Das Kirschenfest

Der Vater nahm seine Brille ab, warf einen prüfenden Blick in den blauen Sommertag, strich sich ein paarmal durch den langen Bart und sah lächelnd seine Frau und die drei kleinen Mädchen an. «Nun, was meint ihr wohl, was heute sein wird?», fragte er. Die Kinder rieten alles mögliche, dass man einen Spaziergang machen werde, dass man im Wald ein Picknick abhalten wolle, dass man Forellen fangen würde. Es war aber alles nicht das Richtige. Als die kleinen Mädchen schon gar nicht mehr wussten, was es sein könne, sagte der Vater: «Heute wollen wir das Kirschenfest feiern. Der Fribacher Bauer hat mir geschrieben, dass die Kirschen reif sind, und dass sie uns am ersten schönen Tag erwarten!»

Die Kinder jubelten. Die kleine fünfjährige Dora tanzte sogar auf einem Bein, klatschte in die Hände und rief: «Juhu, Kirschenfest, das ist das Allerschönste! Ach, Kirschen esse ich so gern!»

«Verschlucke nur keine Kerne!», mahnte die siebenjährige Erna, «sonst könnte es dir am Ende noch passieren, dass dir ein Kirschenbaum zum Munde herauswächst!»

«Ei!», jauchzte Dora, «das wäre erst noch sehr bequem, dann könnte ich die ganze Zeit immerzu nur pflücken und essen!» «Ja, bis du dann Bauchweh bekämst!», sagte Erna. Die zehnjährige Lilli schüttelte überlegen den Kopf: «Gell, Mutter, die beiden Kleinen reden wieder dumme Sachen, was die sich nur immer zusammen denken!»

«Lass sie nur», sagte die Mutter gutmütig, «das ist nicht so gefährlich!» Der Vater sah auf die Uhr: «In einer Viertelstunde müsst ihr fertig sein; punkt zwei ist Abmarsch! Ich gehe jetzt noch in den Stall, um Fanny mitzunehmen, die muss heute unbedingt Bewegung haben.» Da jubelten und strahlten die kleinen Mädchen noch mehr. «Dann dürfen wir wieder mit dir reiten!», riefen sie. «Ja, ja!», nickte der Vater, «wenn man euch den kleinen Finger hinhält, nehmt ihr die ganze Hand. Aber jetzt vorwärts! Ihr wisst, ich liebe kein Warten!»

In einer Viertelstunde standen die Kinder in geschwisterlicher Gleichheit blank und sauber in netten dunkelblauen Kattunkleidchen mit der Mutter vor dem schönen, grossen Hause und schauten bewundernd und stolz zu ihrem Vater empor, der stattlich auf einem weissen Pferde sass. Die Kutschersfrau stand daneben und tätschelte Fanny den blanken Hals. «Wenn Fanny jetzt sprechen könnte, so würde sie so froh daherreden wie ihr!», sagte die Kutschersfrau zärtlich; «das Tier hat Menschenverstand, es fehlt ihm nur die Sprache. Unsereiner, der immer mit den Tieren zusammen ist, weiss, was er an ihnen hat!» Zum Abschied steckte sie Fanny noch ein Stück Zucker zwischen die breiten Lippen.

«Hopp, los! Papa!», drängte Dora, «gell, ich komme zuerst hinauf!» Dora streckte die runden braunen Arme, und der Vater hob sie zu sich aufs Pferd und setzte sie vor sich in den Sattel. «Wenn wir in Steinbach sind, komme ich an die Reihe», mahnte Erna, «und von Tanneck bis Breitenbach ich!», entschied Lilli.

«Nun, damit wäre ja der Reiseplan gemacht bis zum Ziel», sagte der Vater, «ich will ihn gerne einhalten!» Er tätschelte dem Pferde die Mähne: «Das gefällt dir wohl, Fanny, mit dem Herrn und der Frau und den Kindern über Land zu gehen; so ein Festtag mitten in der Woche ist schön! Nun los!» In langsamer Gangart, damit man zusammen blieb, setzte Doktor Hauser das Pferd in Bewegung.

Bald war die kleine Gesellschaft aus dem Städtchen heraus, und sie kamen auf die Strasse, die durch das schmale Wiesental führte. Der Bach glitzerte und murmelte; die Blumen blühten, die Bäume rauschten, und hier und da huschte ein Eichhörnchen durch die Zweige. Dazu sangen die Vögel; auf den Wiesen war ein Summen und Zirpen, und auf hellen warmen Steinen am Wege sonnten sich schimmernde, grüne Eidechsen. Die Kinder hatten unendlich viel zu sehen und empfanden eine Freude an allem; der Vater ritt ganz langsam, und so gut sie konnten, beantworteten die Eltern bereitwillig die vielen wissbegierigen Fragen. So schritten sie unter dem strahlenden tiefblauen Himmel dahin. Dann hängte sich Lilli an den Arm ihrer Mutter, und beide fingen zu singen an. Erna und Dora stimmten mit ein. Alle Lieder, die sie konnten, sangen die Kinder mit der Mutter, und das Leben und die Welt dünkten sie wunderschön.

Jetzt durfte Lilli allein reiten, und Mutter und Vater schritten Hand in Hand. Da wollte Dora einen Schmetterling fangen und sprang ihm nach über den Weg. Sie strauchelte und fiel hin gerade vor das Pferd. «Um Gotteswillen», rief die Mutter erschrocken und lief, das Kind aufzuheben. Aber nun zeigte Fanny wirklich, dass sie Verstand hatte. Den emporgehobenen Fuss mit dem schweren Hufeisen setzte sie so, dass er das Kind nicht berührte, und dann blieb das Pferd still stehen, ohne dass ihm einer die Weisung dazu gegeben. Dora richtete ganz erschrocken das blonde Lockenköpfchen empor. Sie hatte Tränen in den Augen, und ein schwerer Seufzer hob die Brust. Die Mutter half ihr beim Aufstehen und wischte ihr den Staub vom Kleidchen. «Da hat dein Schutzenglein dich wieder einmal behütet!», meinte sie. «Brave Fanny», sagte der Vater, «dich muss man wirklich loben!» «Gell», bat Dora, «wir lassen uns aber das Kirschenfest nicht verderben, weil mir das passiert ist, und ich so ungeschickt war!» «Du hast recht, Kind», nickte die Mutter, «man muss dankbar sein für ein abgewendetes Unglück und jede gute, schöne Stunde geniessen!»

Von neuem stimmten sie ein Lied an, und so kamen sie nach Breitenbach. Auf einer leichten Anhöhe, inmitten von Wiesen und Obstbäumen lag der behäbige Bauernhof mit seinen Scheunen und Stallungen.

«Guten Tag, Herr Fribacher», sagte der Vater zu einem Mann, der Kirschen pflückend auf einer Leiter stand, «da wären wir; nun wollen wir wieder bei Ihnen das Kirschenfest feiern! Wir machen es wie im letzten Jahr und nehmen die Ernte von einem ganzen Baum. Was wir heute nicht essen, schicken Sie uns morgen durch den Knecht und vergessen Sie nicht, die Rechnung beizulegen. Sie wissen, ich liebe es, klare Sache zu haben!»

«Schon gut», nickte der Bauer, der inzwischen von der Leiter herunter gestiegen war. Er schüttelte allen die Hand. «Potz tausend, Herr Doktor, Ihre Jüngferchen sind aber gross geworden. Grüss Gott, alle miteinander. So, dann seht einmal zu, welcher Baum euch am besten gefällt! Ich stelle indessen das Pferd in den Stall!»

Wählend und leuchtend vor Glück schritten die Kinder mit den Eltern unter den Kirschbäumen einher. Der Baum, den sie aussuchen wollten, sollte nicht zu gross und nicht zu klein sein und natürlich die allerschönsten Früchte und vollsten Zweige haben. Der Bauer hatte sich inzwischen wieder zu ihnen gesellt. «Ja, gell», schmunzelte er, «die Kirschen sind in diesem Jahr gut geraten; da wird einem die Entscheidung nicht leicht!»

Endlich hatten die Kinder einen Baum gefunden. Einzelne Zweige konnten sie mit der Hand erreichen. Weil Dora noch so klein war, hob der Vater sie empor. Die Kirschen waren rund und glänzend, dunkelrot und von einer köstlichen Süssigkeit. Die Kinder und auch die Grossen machten «Ah» und «Oh» vor Behagen. Der Vater sagte: «Bitte, Herr Fribacher, pflücken Sie eine ordentliche Portion und schütten Sie sie dort auf den Boden; heute wollen wir uns wieder rund herum satt essen an Kirschen. Sieh, da kommt ja auch der kleine Franz Fribacher, der kann mithelfen!» Ein kleiner Bub mit den hellen klaren Augen des Bauern kam herangelaufen, mischte sich sofort zutraulich unter die Gesellschaft, und bald lagen die Kinder mit Vater und Mutter um den appetitlichen Kirschenhügel. «Jetzt kommt das Wettessen!», jubelten die Kinder. «Verschluckt nur keine Steine», mahnte nochmals die Mutter. Wie sie so am Schmausen waren, kam die Fribacherbäuerin und lachte über das ganze, gute breite Gesicht. «Das ist recht, dass es euch so schmeckt», sagte sie. «Esst euch nur satt, Kinder, und wenn euch der Franzli die Ställe und alle Tiere gezeigt hat, kommt ihr noch in die Stube! Macht euch nur tüchtig Bewegung! Ihr wisst, dann kommt der zweite Teil, und dafür muss wieder Platz geschaffen werden.» Bei diesen Worten zogen die Kinder vor Behagen und Freude die Schultern zusammen und sagten: «O ja, gerne, Frau Fribacher; bei diesem Kirschenfest weiss man nie, was am allerschönsten ist.» Die Mutter hatte sich erhoben, und Frau Fribacher die Hand gereicht: «Sie wollen uns wieder verwöhnen, scheint mir; aber bitte, liebe Frau Fribacher, machen Sie keine Umstände!» Die Augen der Mutter leuchteten so fröhlich wie die ihrer kleinen Mädchen.

Die Bäuerin legte die Hände in die Hüften und lachte. «Das lasse ich mir nicht nehmen», sagte sie; «der Herr Doktor und die Frau Doktor haben soviel für uns getan, als der Vater krank war; da ist es uns eine Freude, wenn wir Ihnen alle Guttaten einmal im Jahr vergelten können.»

Sie grüsste freundlich und ging zurück ins Haus.

Als der kleine, glänzende Kirschenhügel in den Mündern der Eltern und Kinder verschwunden war, wurde der Rundgang durch
die Ställe gemacht. Die Kühe waren auf der Weide. Aber in dem
Pferdestall stand Fanny und frass Hafer. In der Ecke war eine Stute
mit ihrem Füllen. Franzli streichelte das junge Pferdchen und sagte:
«Es wird schon mit seiner Mutter an den Wagen gespannt und läuft
neben her, wenn wir die Milch in die Molkerei bringen! Es muss
alles lernen, was seine Mutter kann. Ich sitze neben dem Vater und
sehe ihm das Lenken ab!» Vom Pferdestall kamen sie in den
Schweinestall. Da lag im Verschlag ein grosses Mutterschwein, und
zwischen seinen Füssen wuschelten eine ganze Menge kleiner Fer-
kelchen, wohl zwölf an der Zahl und schnüffelten und grunzten
und saugten Nahrung.

Das Grunzen und Schnurken versuchte Dora sofort nachzuma-
chen. «Du bist doch ein Äffchen!», lachte die Mutter.

«Nein, ein Schweinchen!», sagte Lilli, «und im Gegensatz zu diesen saubern, rosigen Tierchen ein recht schmutziges Säulein.» «Mutter», klagte Dora, «jetzt will Lilli wieder erziehen, aber gell, heute ist
Kirschenfest, heute darf sie nicht!» Die Mutter nahm Dora bei der
Hand: «Komm, ich wasche dich schnell am Brunnen, dann hat niemand etwas zu sagen!»

Bald war Dora mit einem blitzsaubern, strahlenden Gesichtchen
wieder bei den Kindern, die jetzt vor Franzlis Kaninchenstall standen. «Für die muss ich ganz allein sorgen», sagte Franzli stolz und
hielt einem schönen Kaninchen mit grauem, glänzendem Fell einen
Büschel Gras hin. Jedes der Kinder durfte ein Kaninchen auf den
Arm nehmen und streicheln. Sie schmiegten ihre Gesichtchen in die
weichen Felle der Tierchen und konnten sich kaum trennen. «Wenn
wir doch auch ein paar hätten!», wünschten sie. «Ich gebe euch
schon», sagte Franzli gönnerhaft; «ich habe letzte Nacht erst Junge
bekommen.» «Du bist ja ein Tausendsasa, Franzli», lachte Doktor
Hauser, und dann machte er mit dem Bauern ab, dass der Knecht
morgen mit den Kirschen zwei Kaninchen bringen solle. «Aber dass
ihr mir dann für die Tierchen so gut sorgt wie der Franzli, hört ihr,
Kinder!»

Jubelnd versprachen es die kleinen Mädchen. Von den Kaninchen
ging man zu dem Hühnerhof. Da waren Enten und Gänse und

Hühner, und eine grosse Henne hatte eine Schar goldgelber, leise piepsender Küchlein um sich, welche ihrer Mutter auf Schritt und Tritt folgten. Durch den Hühnerhof ging mit stolzem, schwerem Gang kollernd ein Truthahn, und ein schöner Pfau spreizte seinen Fächer auseinander.

Die Kinder schauten gespannt durch das Drahtgitter und sagten bewundernd: «Franzli, ihr habt beinahe alle Tiere; auf dem Fribacherhof ist es einfach wunderschön!» Der Bauer sagte: «Ja, schön ist es, aber Arbeit hat man von früh bis spät, und das ganze Jahr durch. Doch die Arbeit ist eine Freude, wenn man immer so mit dem Leben und dem Wachstum von Tier und Frucht zusammen ist».

«Ich will einmal eine Bäuerin werden», erklärte plötzlich die kleine Erna.

«Recht so!», nickte die Mutter; «ich könnte mir nichts Besseres wünschen für dich, als froh und gesund das Land zu bebauen. Meine Grosseltern sind auch Bauern gewesen!»

«Darum bist du auch eine so helle, frohe Frau», sagte der Vater. Er sah auf die Uhr: «In einer Stunde müssen wir aufbrechen!»

Da erschien die Bäuerin in der Haustür und winkte mit den Händen. «Es ist alles bereit!», rief sie. Fröhlich gingen alle in die grosse, freundliche Bauernstube, wo der Tisch bei den Fenstern mit den Geranium- und Nelkenstöckchen freundlich gedeckt war.

«Was haben Sie da wieder für köstliche Kirschenkuchen gebacken», sagte die Mutter, «sogar mit Nidel. Sie sind unübertrefflich, liebe Frau Fribacher!» Die Nasen der kleinen Mädchen schnupperten erwartungsvoll in der Luft. «Herrlich!», jauchzten sie und klatschten in die Hände; «einfach herrlich!» Milch und Kaffee, und Butter und Honig und Brot standen auf dem Tisch, und für die beiden Männer an der obern Ecke waren Bauernspeck und Käse und Most aufgestellt.

«Nun, wenn das kein Fest ist!», sagte der Vater und klopfte dem Bauern auf die Schulter. «Es hat ja auch andere Zeiten gegeben!», meinte der Bauer, «für uns ist Ihr Besuch immer so eine Art Dankfest!»

Dann setzten sich alle um den Tisch, und der Franzli wollte neben Dora sitzen. Dora sagte: «Jetzt wollen wir alle rufen, so laut wir können: Hoch lebe das Kirschenfest!» Das taten sie, aber als die Kinder mit den Kaffeetassen anstossen wollten, hätten sie fast den Kaffee verschüttet.

«Nehmt euch in acht, dass es keine Flecken gibt», sagte die Mutter, «mit Kaffee stösst man eigentlich nicht an!» Aber die Bäuerin wehrte: «Lassen Sie doch die Kinder; das macht nichts, die paar Flecken; die Sonne bleicht das wieder aus. Die Kinder sollen ihre Freude haben!» –

Der Himmel färbte sich schon abendrot, als die Eltern mit den Kindern vom Fribacherhof Abschied nahmen und den Heimweg antraten. Die kleinen Mädchen hatten schlanke Kirschenzweige in den Händen, die über und über voll Früchte hingen. So zogen sie, selig vor Glück, durch das stille, schöne Land. Weil Dora die kleinste war, durfte sie den ganzen Rückweg oben beim Vater auf dem Pferde sitzen.

Auf einmal wurde ihr frohes, sonnenbeglänztes Gesichtchen ernst. Sie schaute zu ihrem Vater empor: «Vater, es ist alles so schön gewesen, ich kann gar nicht sagen, was am schönsten war, und ich weiss auch gar nicht, wie ich danken soll. Nun habe ich darüber nachgedacht. Ich möchte, dass der kleine, kranke Walter von Nachbar Meiers auch eine Freude hat. Er hat doch sein Beinchen gebrochen und kann nicht herumspringen in den Ferien und muss im Bett liegen. Ich will dem Walterli meinen Kirschenzweig bringen!»

«Recht so!» sagte der Vater und drückte Dora einen Kuss auf die warmen Wangen, «das ist der allerbeste Dank. Wenn man selber eine Freude empfangen hat, soll man sie hell und glücklich weiter leuchten lassen in das Leben der andern!»

10. Heinz und Margritli

An einem Vormittag in den Frühlingsferien tanzte das kleine siebenjährige Margritli singend mit seiner Puppe durch die helle freundliche Wohnstube. Seine blonden Zöpfe flogen dabei hin und her, und seine braunen Augen lachten. Am runden Tisch sass der zehnjährige Heinz und zeichnete. Jetzt warf er unmutig den dunklen Kopf in die Höhe, und seine Blicke sprühten: «Spring doch nicht so herum wie verrückt» begehrte er auf, «bei deiner Trampelei kann man ja keinen graden Strich zeichnen, und was sagt dann der Vater, wenn ich ihm ein so wackeliges Bild vorweise! Schaff' auch etwas, und sitze einmal für fünf Minuten still, wenn dir das überhaupt möglich ist! Interessiere dich einmal für deine Lesebücher, das würde dir durchaus nicht schaden!»

«Ich will meine Jugend geniessen!», lachte Margritli, «meinst, ich wollte so ein Leseratz werden, wie du einer bist, nein, nie!», und es wirbelte weiter durch die Stube. Da stand Heinz auf und knufte die Kleine in die Seite, «dumme Babe», sagte er zornig. Margritli weinte laut auf, und die Mutter erschien: «Was gibt es denn da schon wieder?», seufzte sie bekümmert, «man kann euch tatsächlich keinen Augenblick alleine lassen, ständig seid ihr wie zwei Kampfhähne miteinander; zwei Geschwister, die es so schön haben auf der Welt, wie ihr, die sollten doch Frieden halten können!»

Margritli schmiegte sich an die Mutter: «Immer boxt er mich», schluchzte es schmerzlich, «immer muss er mich erziehen; es ist wirklich nicht lustig mit einem solchen Bruder, ich wollte, ich hätte einen andern!»

«Und ich eine andere Schwester» verteidigte sich Heinz, «so eine Zimperliche, wie du bist, bei jedem bischen hast du etwas zu mäkeln, und wenn ich nicht wäre, würde es manchmal nicht zum Aushalten mit dir sein!»

«Na, na», sagte die Mutter mit einem feinen Lächeln, «nimm du nur deine eigene Erziehung etwas energischer in die Hand, mit dem Margritli werde ich schon alleine fertig, das ist gar nicht ein so Schlimmes!»

Sie trocknete dem Margritli die tränenüberströmten Bäckchen: «Du musst aber auch nicht gleich so losheulen, als sei wunder weiss was für ein Unglück geschehen. Bei dir sitzen wirklich Lachen und Weinen so dicht zusammen wie Regen und Sonnenschein im April, du bist das reine Aprilwetter. Aber, gell, jetzt scheint die Sonne wieder ganz hell drinnen und draussen; und jetzt macht ihr schnell etwas Ordnung hier, und springt hinaus! Heinz, du bist dann nicht so ein Zornmütiger, und bist lieb und verständig mit dem Margritli und passest auf, dass es nicht so wilde Sachen macht!»

«Hast du gehört, Margrit!», mahnte Heinz, aber in seiner Stimme war ein guter humorvoller Klang. Auch Margritli war getröstet, und das helle Frühlingsgesichtchen war voll Lachen und Freude. Auf der Treppe schlug das Margritli vor: «Heinz, wir wollen zu den Weidenbüschen gehen und Flöten machen.» «Erst noch», sagte Heinz, anerkennend, «du weisst doch immer was!» «O, ich habe mehr als tausend Spiele und Einfälle im Kopf», prahlte Margritli fröhlich, «zum Glück habe ich heute Morgen dein Taschenmesser wieder gefunden! Sieh, da ist es.»

Heinz griff hastig darnach: «Natürlich hast du es irgendwo versteckt gehabt», sagte er in einer Mischung von Freude und Misstrauen. «Jetzt willst du schon wieder anfangen zu streiten», meinte Margritli vorwurfsvoll, «anstatt froh zu sein, dass es wieder da ist. Unten im Spielschrank lag es; komm, bis zu den Weidenbüschen machen wir Fangis! Sieh, wie der Himmel blau ist.»

Das Margritli hatte recht. Die Welt war frühlingsschön, die Bäume blühten, und unten auf den Wiesen wirbelte der Löwenzahn seine zahllosen gelben Sonnen. Da wurde auch der ernsthafte Heinz angesteckt von Margritlis Lenzfreude und jagte hinter ihm her und jubelte mit ihm um die Wette. Bei den Weidenbüschen machten sie Halt. Die Zweige hatten gerade ihre ersten zarten Blätter herausgesteckt. Heinz klaubte sein Messer aus der Tasche und schnitt eine schlanke Gerte. Er prüfte sie mit Kennerblicken und sagte zufrieden: «Gerade recht im Saft! Und gerade recht in der Dicke!» Dann setzte er sich auf einen Stein und zerteilte die Rute in zwei schöne ebenmässige Stäbchen, von denen er eins dem neben ihm sitzenden Margritli gab. Dann begann er mit dem hölzernen Griff des Taschenmessers die Rinde seines Stäbchens in fröhlichem Rhythmus zu beklopfen, damit sie locker werde, und sich unversehrt abstreifen lasse von dem saftigen Holz. Die Klinge des Messers hielt er vorsichtig in der kräftigen Bubenhand. Margritli sah ihm aufmerksam und bewundernd zu. «Nimm einen Stein, und beklopfe damit dein Stäbchen!», riet Heinz, und grossmütig setzte er hinzu «nachher, wenn ich fertig bin, kannst du mein Messer haben!»

Ein Weilchen sassen so die Kinder auf den Steinen am blühenden Wiesenbord, beklopften ihre Weidenstäbchen, sangen, lachten und schwatzten und freuten sich auf ihre jubelnden Weidenflöten. Jetzt legte Heinz das Messer aus der Hand, um zu probieren, ob sich die Rinde von seinem Stäbchen schon loslösen lasse. Im gleichen Augenblick griff Margritli nach dem Messer und nahm es genau so in die Hand, wie sie es bei Heinz gesehen hatte.

Da sich bei Heinz indessen die Rinde noch nicht genügend gelockert hatte, um sich ungefährdet bewegen zu lassen, begehrte er das Messer zurück. «Nein», wehrte Margritli «jetzt geht das bei mir gerade so lustig, jetzt nimm du mal einen Stein, ich habe dir das Messer doch auch heute Morgen wiedergefunden, dann kann ich es auch einmal für mich haben». «Es ist aber mein Messer», zürnte Heinz ungeduldig, «augenblicklich gibst du es zurück, verstanden!»

Margritli blieb gleichmütig am Klopfen: «Fällt mir nicht ein», sagte es, «jetzt bin ich an der Reihe!»

Da sprang Heinz böse von seinem Sitz und riss Margritli das offene, scharfe Messer jäh aus der Hand. Kaum hatte er die zornige Bewegung gemacht, als Margritli mit einem Wehlaut an ihr Händchen griff und tief erblasste. Aus der Hand quoll das rote Blut. Entsetzt schaute Heinz darauf hin, und auch sein Gesicht wurde jählings schreckensbleich. Er liess Messer und Flöte fallen und beugte sich aufjammernd über das kleine Mädchen. «Was hast du, Margritli, was ist dir?»

Aber Margritli konnte kaum das blasse Mündchen bewegen und schüttelte nur hilflos den Kopf. Das scharfe Messer hatte einen ganz tiefen klaffenden Schnitt durch die Handfläche gezogen.

Blitzschnell riss Heinz sein Taschentuch hervor und wickelte es behutsam um die verwundete kleine Hand. Aber während er noch damit beschäftigt war, schloss Margritli plötzlich die Augen und sank lautlos zusammen. Ein genicktes Blümlein, lag die schmale Gestalt mit dem totbleichen Gesichtchen in dem blühenden Gras am Wiesenbord.

Heinz erblasste schier so tief wie sein Schwesterchen; tief erschrocken warf er sich über Margritli und schluchzte: «O Margritli, liebes, liebes Margritli, sei doch wieder lebendig! Ich habe dir ja nicht weh tun wollen. Ach, Margritli, wir haben dich ja alle so lieb!»

Er versuchte dem vor Schrecken und Schmerzen bewusstlosen Kind eine bequeme Lage zu geben, er bettete sein Köpfchen in seinen Schoss. Ach, der arme Heinz wusste sich in seiner Hilflosigkeit und so fern von der Mutter gar keinen Rat in dieser unverhofft hereingebrochenen Not. Er gab dem Margritli liebe Worte, er versprach ihm sein schönstes Geschichtenbuch und schluchzte: «Margritli, ich will dir auch die ganze neue Schachtel mit Farbstiften geben, wenn du wieder aufwachst! Ich will nie mehr an dir erziehen wollen, ich will dich nie, nie mehr puffen und boxen, wenn du nur nicht mehr so blass daliegen willst, ach, Margritli, so öffne doch die Augen!»

Als Margritli aber bei allem Zureden und Versprechen immer gleich stumm und bewegungslos blieb, rief Heinz in seiner Todesangst laut: «Mutter, Mutter, so komm doch und hilf mir und dem Margritli, Mutter, Mutter!»

Da endlich zitterte ein Seufzer durch Margritlis Körper und verwundert, seiner Lage völlig unbewusst, schlug es die braunen Augen auf.

Heinz wusste sich nicht zu fassen vor Glück über diesen Anblick, er streichelte ihm die Wänglein, er glitt ihm über die goldigen Löckchen und gab ihm die zärtlichsten Namen, sodass das Margritli immer verwunderter schaute, weil es seinen Bruder noch gar nicht so gesehen hatte. Es meinte schier fast, an irgend einem unwirklichen himmlischen Ort zu sein, oder mit offenen Augen zu träumen. Es lauschte weiter in einem ernsthaften Glück, als Heinz ihm jetzt erklärte: «Margritli, von jetzt an sollst du es viel schöner bei mir haben, du wirst es dann schon sehen!» Es kam tatsächlich aus dem Staunen einfach gar nicht heraus. Nur ganz langsam kehrte ihm die Erinnerung an das Vorgefallene zurück und erst wie es das blutrote Taschentuch um sein Händchen sah, wollte von neuem ein Schluchzen in ihm aufsteigen.

Aber Heinz war so merkwürdig liebreich, dass er Margritli gar nicht wieder zum Weinen kommen liess. «Höre, daheim gebe ich dir alles von meinen Spielsachen, was dir Freude macht, und nun wollen wir zur Mutter gehen, gell?»

Er half dem Margritli in einer nie empfundenen Sorglichkeit, er stützte es beim Gehen, wie er sich vorstellte, dass es die Mutter getan haben würde, und als Margritli über Schmerzen klagte, tröstete er es: «Weisst, bei so einem Schnitt, da ist es nur im Anfang, dass es so weh tut, das muss versurren, und dann hast du es wie ich, du kannst auch kein Blut sehen, da wird es einem so trümmelig und sonderbar schwarz vor den Augen. Aber nun geht es ja mit jedem Schritt besser, gell, Margritli?»

Das Margritli nickte, und obwohl seine Augen voll Tränen standen, schimmerte doch ein tapferes Lächeln auf seinem lieben Gesichtchen. Langsam gingen sie zwischen den blühenden Wiesen. In Heinz aber wuchs die Angst, je näher sie dem Hause kamen, was wohl die Mutter sagen werde, und ob sie wohl sehr traurig und bekümmert sein werde über sein Betragen. So langten sie bei der Mutter an.

Und sonderbar, das Margritli, das doch sonst bei andern im Freien erlebten Kümmernissen beim Eintritt ins Haus und beim Anblick der Mutter sofort aus vollem Halse schreien und losheulen musste, schluckte heute tapfer seine Tränen herunter und sagte: «Mutter, du musst nicht erschrecken; weisst, der erste Schmerz ist schon versurret, und der Heinz ist ein so lieber gewesen, ich habe gar nicht gewusst dass ein Bruder überhaupt so lieb sein kann, fast wie du. Und denke, er will gar nicht mehr an mir herumerziehen, und er hat gesagt, ich sei gerade recht, so wie ich bin; gell, Mutter, das ist kaum zu glauben. Und das Ganze ist auch mehr meine Schuld gewesen, Mutter; denn das Messer gehörte doch Heinz, und er war wirklich noch nicht fertig mit seiner Flöte, und da hätte ich das Messer nicht einfach festhalten sollen, gell, ich bin eben manchmal ein dummes Maitli?»

Während das Margritli all dies sagte, hatte die Mutter es auf das Sofa gebettet in der hellen freundlichen Wohnstube und verband ihm sorgfältig das schlimm verwundete Händchen.

Das tat sie schweigend, mit all der ihr eigenen Liebe, und weil beide Kinder so erschöpft und ergriffen waren, machte sie keinem einen Vorwurf. Sie hatte ja auch selber alle Mühe, ihren Schrecken über das übelzugerichtete Händchen nicht zu zeigen. Aber sie nickte Heinz verstehend und verzeihend zu, als er nun seine Arme um ihren Hals schlang, und flüsterte: «Mutter, ich weiss, wie bös es war, und ich will so etwas nie wieder tun. Ach, Mutter, ich habe gar nicht gewusst, dass man eine so schreckliche Angst haben kann um einen Menschen. Das werde ich mein Leben nicht vergessen. Ich habe auch vorher nie gewusst, wie lieb ich das Margritli habe. Und in der Hauptsache ist es natürlich doch meine Schuld, dass das Margritli nun die tiefe Wunde und die Schmerzen hat. Doch will ich ihm dafür jetzt und immer alles zu Liebe tun und nichts zu Leide. Ich will ihm einfach ein guter Bruder sein, das verspreche ich dir, Mutter.»

Da strich ihm die Mutter über die klare Kinderstirne und schaute ihm tief und dankend in die Augen und war in ihrem Herzen glücklich, dass für diesmal der Kinder Schutzengel sie alle so liebreich vor schwerem Leid bewahrt hatte und flehte, dass er sie weiter behüte auf allen ihren Wegen.

11. Das Leseblättchen

Einige Wochen, nachdem der kleine Bubi Richard in die Schule gekommen war, trat er zu seiner Mutter ins Zimmer mit einem Gesichtchen, das förmlich verklärt erschien vor Wichtigkeit und Glück: «Mutter», rief er, «wir haben eine Hausaufgabe, zum ersten Mal haben wir ein Leseblättchen und eine Hausaufgabe! Gell, Mutter, das freut dich! Gell, das ist wunderschön!» Und mit weichen Fingerchen drehte er der Mutter Antlitz zu sich hin. Mit strahlenden Augen holte alsdann der kleine Junge aus seiner Schulmappe das Leseblättchen, hielt es wie eine Kostbarkeit der Mutter vor das Gesicht und sagte mit tiefem, seligem Aufatmen: «Nun fangen wir endlich an zu lernen, das haben wir heute von der Lehrerin bekommen; das muss ich alleine lesen. Niemand darf mich stören. Es ist sehr wichtig. Hörst du, Peter?» Bittend und befehlend zugleich wandte er sich an seinen kleinen dreijährigen Bruder.

Peter nickte; er war mit Richard ganz durchdrungen von der Wichtigkeit des Ereignisses und der Grösse dieses Augenblicks. Immerhin betrachtete ihn sein Bruder einigermassen misstrauisch und sagte mit dringlicher und ein wenig überlegener Stimme: «Mutter, ich glaube, es ist bei solchen Aufgaben am besten, wenn ich mich im Kinderzimmer einschliesse, sonst lässt mich der Peter doch nicht in Ruhe; er muss mir ja immer alles nachmachen, obwohl er keine Ahnung davon hat!»

Das köstliche Leseblättchen vorsichtig vor sich hin haltend, ging Richard in das anliegende Kinderzimmer und schob den Riegel. Und nicht lange währte es, so klang es in langgezogenen Tönen und abgesetzten Silben durch die verschlossene Türe:

> «Ei–ne Gei–ge
> Fi–fa–fum
> Ri–ra–rum
> Fa–ri fa–ra fa–rum
> Ei–ne fei–ne Gei–ge».

Die Mutter lauschte, und nach einer Weile pochte sie an die Türe. Kaum hatte Richard geöffnet, als er auch schon wieder mit heissen

Wänglein dastand und das schmale Fingerchen unter den Buchstaben herlaufen liess. «Nun kann ich es!», sagte er aufatmend und seine grossen dunklen Augen leuchteten in einem schönen ahnungsvollen Glück: «Mutter, jetzt werde ich bald alle meine Bücher selber lesen können!» –

Den ganzen Abend lag eine leise Verklärung über dem kleinen Jungen.

Vor dem Einschlafen musste er unbedingt noch einmal das Leseblättchen anschauen, um es alsdann sorgfältig in seinem neuen Schultornister zu versorgen. «Gell, Mutter, das ist jetzt der Anfang zu allem; man weiss gar nicht, was nun noch alles kommen wird!»

Am andern Morgen, kurz nach vier Uhr, wachte die Mutter auf; ihr war, als höre sie im Kinderzimmer sprechen. Wie sie den Kopf aufrichtete und näher hinlauschte, tönte es mit süsser kleiner Stimme:

«Fi–fa–fum,
Ri–ra–rum,
Fa–ri fa–ra fa–rum.»

Die Mutter staunte und wusste nicht recht, was sie davon denken sollte, und ob sie nicht doch vielleicht träume. Sie stand auf und ging in das Kinderzimmer. Da sass der kleine Junge im ersten Morgendämmer auf dem Tisch am Fenster und hielt sein Leseblättchen in der Hand.

«Gell, Mutter», sagte er mit freudiger Überzeugung, «das ist gescheit, dass ich das tue, ich war so bange beim Aufwachen, ich hätte es über Nacht vergessen. Gell, man muss doch nachsehen, wie lange der Kopf so etwas Erstes und Wichtiges behält, und ob er einem gehorcht, man kann doch nie wissen. Du hast ja auch gesagt, dass es eine Hauptsache ist, wenn der Anfang bei allem gut und fest ist; und gell, darum ist es recht und gescheit, dass ich nachschaue?»

Die Mutter lächelte ein bischen unsicher, sie wusste in diesem Falle wirklich keine bestimmte Auskunft zu geben. Sie nahm ihren kleinen Jungen in die Arme und steckte ihn noch einmal ins Bett und huschelte ihn warm ein in seine weissen Decken: «Jetzt ist schlafen recht und gescheit und vor allen Dingen gesund!», sagte sie liebreich.

«Fa–ri, fa–ra, fa–rum, ei–ne fei–ne Gei–ge», sagte der kleine Junge einschlummernd.

Wie im Segen ruhten die Augen der Mutter auf dem Knaben. War er nicht selber eine feine Geige? Ein heisses Beten stieg in ihr empor, dass die Menschen immer mit behutsamen und doch starken Fingern auf den klaren Saiten dieser Geige spielen möchten, damit ihr wundertiefer, reiner Klang nicht verstimmt werde in der grossen Schule, die Leben heisst.

12. Die Wahl

Die Mutter sass am runden Tisch in der Wohnstube und flickte eine kleine Bubenhose. Der achtjährige Richard lag in ihrer Nähe am Boden und liess den Bleistift über einen grossen Bogen Packpapier laufen; der fünfjährige Peter aber stand schon eine Weile untätig in schwerer Nachdenklichkeit am Fenster. Augenscheinlich beschäftigte ihn irgendeine Sorge. Aber die Mutter wusste, dass er nicht gerne in seinen Gedanken gestört war, und so stellte sie keine Frage.

Plötzlich richtete sich Peter aus seiner Versunkenheit empor und kam zur Mutter: «Gell, Mutter», sagte er aufseufzend, «wir sind doch gar keine reichen Leute?» «Nein», bestätigte die Mutter, «wir sind gar nicht reich; aber darum musst du nicht ein so trauriges Gesicht machen; wenn man nur gesund und froh ist und schaffen mag, das ist die Hauptsache!»

Trotz dieser beruhigenden Worte füllten sich Peters braune Augen mit Tränen, und er sagte mit tiefem Vorwurf in dem zitternden Stimmchen: «Aber, Mutter, wenn wir dann nicht reich sind, und ihr doch immer so viele Geschenke kauft zu den Geburtstagen und zu Weihnachten, so vergeudet ihr ja alles Geld, das wir haben, dann werden wir am Ende noch ganz, ganz arm und haben gar nichts mehr!» Der kleine Peter sank förmlich in sich zusammen vor dem jäh auftauchenden Elend und dem Jammer der zukünftigen Möglichkeiten.

Die Mutter streichelte ihm die Wangen: «Musst nicht bange sein, Peterchen», tröstete sie, «weisst du, so schlimm wird es nicht, wie du denkst, und das Christkind und der Geburtstagsmann helfen ja auch ein wenig, und gar so einen Haufen Geschenke, wie du jetzt gerade lust, bekommt ihr doch auch nicht.»

Peter nickte erleichtert; seine Gedanken sprangen auf andere Bahnen, und er meinte mit leisem Zweifel: «Mutter, das mit dem Geburtstagsmann und dem Christkind, das kann ich mir gar nicht so richtig vorstellen; ich glaube immer, da stimmt etwas nicht ganz. Du hast gesagt, ein Leiterwagen sei viel zu teuer; wenn das Christkind richtig hülfe, dann würde er gewiss nicht zu teuer! Und ein

Leiterwagen ist doch eine Hauptsache!» Die Mutter lachte: «Siehst du wohl, was du für ein Bub bist! Soeben klagst du, wir kaufen zu viele Geschenke, und nun findest du, es hätte eine Hauptsache gefehlt! Aber ich will dir einen Vorschlag machen, Peter: du störst die Mutter nicht mehr so häufig beim Schreiben und kommst nicht jeden Augenblick: ›Mutter, hör!‹, ›Mutter, mach!‹, ›Mutter, komm!‹, und rutschest nicht mehr so auf dem Boden und zerreissest nicht mehr so viele Höschen und Strümpfe; dann bekommt die Mutter unermesslich viel Zeit und kann dem Vater helfen, Geld zu verdienen, indem sie Gedichte und Geschichten schreibt. Möglicherweise langt es alsdann doch einmal für einen Leiterwagen!»

Während die Mutter so sprach, schienen mit einem Male wunderbare Vorstellungen Peter zu beseligen. Sein Gesichtchen begann zu strahlen; aufjubelnd schüttelte er die blondlockigen Haare und rief: «Erst noch, Mutter, dann machst du einen Gedichtladen und wirst eine Gedichtverkäuferin! Und ich ziehe dir die Schnüre durch die Gedichte und helfe dir auch beim Aufhängen; weisst, genau so wie in einem Wurstladen! Dann verkaufst du tausend Stück Gedichte an einem Tage! Sicher!»

Die Mutter verzog den Mund, ein regelrechter Gedichtladen nach der Anlage eines Wurstladens erschien ihr wirklich nicht besonders poetisch und verlockend, und sie meinte ein wenig gedehnt in Peters kühne Hoffnungen: «Ja, glaubst du denn, dass sich ein Gedichtladen wirklich verlohnt? Und willst du deshalb die Gedichte aufhängen wie Würste, weil du denkst, dass einer Gedichte dann eher kauft? Vielleicht stellst du es dir als vorteilhaft vor, zur Anlockung der Käufer einige Würste zwischen die Gedichte zu hängen?»

Peter machte eine ungeduldige Miene: «Nein, ich meine nur Gedichte, oder etwa noch ein Buch; du kannst ja auch Bücher schreiben, Mutter, und verkaufen. Ich helfe dir schon beim Zusammenpacken; ich kann gut Päckli machen!» Peter war ganz begeistert von Betätigungsdrang und Erwerbsmöglichkeiten.

Die Mutter staunte: «Ja, dann stelle dir einmal vor, Peter, du hättest ein paar Batzen, und du dürftest dir etwas kaufen, was würdest du wählen; ein Gedicht oder eine Wurst?»

Peter gab eine ausweichende und etwas gekränkte Antwort: «Ich habe doch gesagt, Mutter, dass keine Würste in dem Gedichtladen hängen sollen; nur Gedichte oder höchstens noch Bücher?»

Die Mutter liess indessen nicht nach und sie sagte: «Aber wenn gerade neben dem Gedichtladen ein Wurstladen wäre, und du ständest ganz alleine davor, was würdest du dann kaufen?»

Den kleinen Peter konnte man nicht so leicht verwirren; er war ein Lebenskünstler: «Ein Gedicht und eine Wurst!», sagte er mit triumphierender Überzeugung.

Doch die Mutter blieb beharrlich; «Aber wenn du nur so viel Geld hättest, um entweder nur ein Gedicht, oder nur eine Wurst zu kaufen, was kauftest du dann?»

Ein schwerer Seufzer hob Peterchens Brust; so grausame Fragen sollten Mütter gar nicht stellen. In Gedanken sah er sich vor den beiden Läden stehen, gerade so an der Grenzwand, und die Versuchung riss ihn hin und her: Gedicht-Wurst! Gedicht-Wurst! Peter duckte das Köpfchen zwischen die Schultern, warf einen unbeschreiblichen Blick auf die Mutter, weil sie ihn in solche Qualen trieb und sagte leise, kaum hörbar: «Ein Gedicht!»

«O Peter, du Heuchler!», sagte die Mutter. Da mischte sich Richard in das Gespräch; er hatte schon lange seine Zeichnung verlassen, und sich, beide Hände in den Hosentaschen, der Unterhaltung zugesellt: «Mutter», sagte er mit Überzeugung, «das hat der Peter doch nur gesagt, um deine Gedichte zu ehren, und dass du ihn dann noch lieber hast. Er ist ein Schmeichler, Mutter, so was meint er natürlich nicht ehrlich; aber du hättest auch nicht so eindringlich fragen sollen; er hat mich ganz gedauert.»

Die Mutter nickte lächelnd.

Sie wandte sich wieder zu Peter, legte ihm die Hand unter das Gesichtchen und schaute ihm liebreich in die Augen, in denen es nach des Bruders Worten verräterisch zu blinzeln begann. «Dann sage mir einmal aufrichtig, Peter, was würdest du dir kaufen, wenn du einen Batzen hättest: ein Gedicht oder eine Wurst? Weisst, es kränkt mich nicht!»

«Eine Wurst!», sagte da Peter förmlich erlöst und mit seligem Aufleuchten. Jeder Zwiespalt war aus seinem Wesen gewichen. «Aber, Mutter, gibst du mir denn jetzt auch sofort die Batzen für die Wurst? Weisst du, wenn man von Wurst spricht, dann gelüstet es mich halt so; dann läuft mir der Hunger im Mund auf und ab!»

«Und der Gedichtladen?», dachte die Mutter, «und der Leiterwagen?» Sie sagte indessen kein Wort mehr davon. Was sollte sie ihr Peterchen plagen? Sie gab ihm die Batzen für seine Wurst.

Über tredition

Eigenes Buch veröffentlichen

tredition wurde 2006 in Hamburg gegründet und hat seither mehrere tausend Buchtitel veröffentlicht. Autoren veröffentlichen in wenigen leichten Schritten gedruckte Bücher, e-Books und audio-Books. tredition hat das Ziel, die beste und fairste Veröffentlichungsmöglichkeit für Autoren zu bieten.

tredition wurde mit der Erkenntnis gegründet, dass nur etwa jedes 200. bei Verlagen eingereichte Manuskript veröffentlicht wird. Dabei hat jedes Buch seinen Markt, also seine Leser. tredition sorgt dafür, dass für jedes Buch die Leserschaft auch erreicht wird.

Im einzigartigen Literatur-Netzwerk von tredition bieten zahlreiche Literatur-Partner (das sind Lektoren, Übersetzer, Hörbuchsprecher und Illustratoren) ihre Dienstleistung an, um Manuskripte zu verbessern oder die Vielfalt zu erhöhen. Autoren vereinbaren direkt mit den Literatur-Partnern die Konditionen ihrer Zusammenarbeit und partizipieren gemeinsam am Erfolg des Buches.

Das gesamte Verlagsprogramm von tredition ist bei allen stationären Buchhandlungen und Online-Buchhändlern wie z. B. Amazon erhältlich. e-Books stehen bei den führenden Online-Portalen (z. B. iBookstore von Apple oder Kindle von Amazon) zum Verkauf.

Einfach leicht ein Buch veröffentlichen: **www.tredition.de**

Eigene Buchreihe oder eigenen Verlag gründen

Seit 2009 bietet tredition sein Verlagskonzept auch als sogenanntes "White-Label" an. Das bedeutet, dass andere Unternehmen, Institutionen und Personen risikofrei und unkompliziert selbst zum Herausgeber von Büchern und Buchreihen unter eigener Marke werden können. tredition übernimmt dabei das komplette Herstellungs- und Distributionsrisiko.

Zahlreiche Zeitschriften-, Zeitungs- und Buchverlage, Universitäten, Forschungseinrichtungen u.v.m. nutzen diese Dienstleistung von tredition, um unter eigener Marke ohne Risiko Bücher zu verlegen.

Alle Informationen im Internet: **www.tredition.de/fuer-verlage**

tredition wurde mit mehreren Innovationspreisen ausgezeichnet, u. a. mit dem Webfuture Award und dem Innovationspreis der Buch Digitale.

tredition ist Mitglied im Börsenverein des Deutschen Buchhandels.

Dieses Werk elektronisch lesen

Dieses Werk ist Teil der Gutenberg-DE Edition DVD. Diese enthält das komplette Archiv des Projekt Gutenberg-DE. Die DVD ist im Internet erhältlich auf **http://gutenbergshop.abc.de**

FSC
www.fsc.org
MIX
Papier | Fördert
gute Waldnutzung
FSC® C083411

Zeitfracht Medien GmbH
Ferdinand-Jühlke-Straße 7
99095 Erfurt, Deutschland
produktsicherheit@kolibri360.de